你真的不懂暗号

陈振林

百花洲文艺出版社
BAIHUAZHOU LITERATURE AND ART PRESS

图书在版编目（CIP）数据

你真的不懂暗号／陈振林著．—南昌：百花洲文艺出版社，2014.9（2018.12重印）

（微阅读1+1工程）

ISBN 978-7-5500-1071-0

Ⅰ．①你…　Ⅱ．①陈…　Ⅲ．①小小说—小说集—中国—当代　Ⅳ．①I247.8

中国版本图书馆CIP数据核字（2014）第201040号

你真的不懂暗号

陈振林　著

出 版 人：姚雪雪
组稿编辑：陈永林
责任编辑：赵　霞　王俊琴
出　　版：百花洲文艺出版社
发行单位：全国新华书店
印　　刷：龙口市新华林文化发展有限公司
开　　本：700mm×960mm　1/16
印　　张：12
版　　次：2015年3月第1版
印　　次：2018年12月第3次印刷
字　　数：128千字
书　　号：ISBN 978-7-5500-1071-0
定　　价：29.80元

赣版权登字：05-2015-7

邮购联系：0791-86895108
网址：http：//www.bhzwy.com
图书若有印装错误，影响阅读，可向承印厂联系调换。

前 言

以“极短的篇幅包容极大的思想”，才能够以小胜大，经过读者的阅读，碰撞出思想的火花，震撼人的心灵。正因为这样，微型小说成为一种充满了幽默智慧、充满了空灵巧妙的独特文体。

如果说在二十一世纪的头一个十年，是互联网大大改变了我们的生活，那么在我们正在经历的第二个十年里，手机将更为巨大地改变我们的生活。如今，以智能手机为平台，正在构成一个巨大的阅读平台。一种新的阅读方式正不知不觉地走进大众的生活。一个新的名词就此产生，它便是“微阅读”。微阅读，是一种借短消息、网络和短文体生存的阅读方式。微阅读是阅读领域的快餐，口袋书、手机报、微博，都代表微阅读。等车时，习惯拿出手机看新闻；走路时，喜欢戴上耳机“听”小说；陪人逛街，看电子书打发等待的时间。如果有这些行为，那说明你已在不知不觉中成为“微阅读”的忠实执行者了。让我们对微型小说前景充满信心和期待的是，微型小说在微阅读的浪潮中担当着极为重要的“源头活水”。

肩负着繁荣中国微型小说创作、促进这一文体进一步健康发展的责任和使命，微型小说选刊杂志社推出了“微阅读 1 + 1 工程”系列丛书。这套书由一百个当代中国微型小说作家的个人自选集组成，是微型小说选刊杂志社的一项以“打造文体，推出作家，奉献精品”为目的的微型小说重点工程。相信这套书的出版，对于促进微型小说文体的进一步推广和传播，对于激励微型小说作家的创作热情，对于微型小说这一文体与新媒体的进一步结合，将有着极为重要的作用和意义。

编者

2014 年 9 月

目　录

猫眼石

“小娜小娜，不要动人家的项链。走走走，我们继续向前走。”老黑的声音在小娜的手就要碰着那串金黄金黄的项链时，照样不失时机地响了起来。

这是公司组织的一次旅游。上半年，公司对所有员工进行了一番细致的考核后，决定让优秀员工外出旅游，算是对我们这些优秀者的奖赏吧。

我，小娜，还有老黑编在了一个小组。旅游大组长大刘还笑着任命老黑为小组长，管我和小娜两人，负责我们的安全，说我们两人年轻，喜欢乱跑。老黑当初不想去的，说老伴身体不好，让她一人留在家中更不好。但大刘做老黑的工作，说让你的女儿来照看她妈妈吧，再说你就只差两年就退休了，还怎么做优秀员工，怎么外出旅游啊？老黑就上路了。一路上，老黑果然尽职。我们跑快了点，他说我们丢下了他。我们停下来看风景，他说快点啊快点啊。更让人气的是，我们想买东西时，他总是拦着我们俩。

“小娜啊，林子啊，你们两人要知道我的想法，你看你看，你们总是买那些什么金银首饰，还有什么珠宝的，我是担心你们上当啊……”老黑就拉过我们小声地说。

当然我和小娜也只是笑笑。旅游嘛，除了看风景，就是购物。风景看了，不买点东西回去，小娜的男友肯定会不高兴，我老婆说不定会骂我哩。我和小娜每人的钱包里各有三千多元现金，还有银行卡。老黑手中的钱也说给我们听了的，一千多，他让老婆用针线缝进了夹克内层。

我和小娜又偷偷跑进了一家珠宝店，店主很热情地和我们打招呼。

一听我们的口音，店主更高兴了，说："我们还是老乡哩。你们的老家和我的老家只隔了三四里路。"然后，她就不停地向我们介绍她店中的珠宝。我们像进入了一个珠宝世界，都想着买上一件带回去。老黑不知什么时候也跟了进来，拉一下我的衣角，又拉一下小娜的袖子，说："我们的大部队都走了，我们快走吧。"我们两人知道这是他不让我们买的意思。小娜像生气了似的，掏出了三千元，买下了她看中的一件小玉佛。我呢，挑了对两千多元的玉镯。老黑的脸涨得更黑了，就像我们花的是他手中的钱一样。

"不会上当的。"我说。

"我有珠宝常识，我们肯定不会上当。"小娜得意地说。

和我们的大部队会合了，老黑又说起我们买珠宝的事。他拉过我们请的导游，让年轻的女导游说说，我们购买的珠宝是真还是假。女导游只是笑笑，说："有可能真，也有可能假。"我们两人哈哈大笑，这说的不是废话么？

老黑照样黑着脸。

就要上车回宾馆了。老黑不见了，我们一看，他停在了路边的一个卖石头的小摊前。大大小小的石头摆在路边，像一只只张着口的蛤蟆。摊主坐着，是个老太婆。老太婆很能说，唾沫在她口边飞舞，她一一数着那些石头们的功效。

"黑哥，"老太婆很亲热地叫老黑，"石头真的有很好的疗效的，可以治疗蛇和蝎子咬伤，可以防止中毒和中邪，还可以治疗心肌梗塞。你看看，这块猫眼石，是我三十多年前上山采蘑菇时找到的，能治贫血，能治脾、胰腺、消化系统和大肠的病，还能作为关节炎的辅助治疗。"

老黑的眼睛盯着那块石头转了个不停。老太婆又说："就是这块猫眼石，磨成粉了，泡茶喝，那效果就更好啦。"

老黑的手动了动，他的左手伸向了夹克内层，拉出了老婆替他缝进内层的钱。他用手蘸了些唾沫，一张，一张，他抽出了十张，一千元。这是刚才讲好的价格。

小娜和我跑上前去想要阻止时，老黑笑嘻嘻地甩过来一句话："你们俩不要说了，你们买了那么多贵重东西，我买个石头都不行啊？"

临回城的那会，我和小娜将女导游拉到了一旁小声地问："那路边的石头，真有那治病的功效吗？"女导游就大笑起来："哎呀，你们怎么这么天真啊。那老太婆，成天在山上捡石头来蒙人，有十多年了呢。"

我们就替老黑叫屈。他才是真正地上了当了。

两个月后，我们去了老黑家。他老伴去世了。早就听说他老伴身体不好，没想到这么快就去世了。

老黑拉着我的手说："林子啊，还记得那块猫眼石吗？我对老伴说了它的功效，果然作用大着哩，老伴又陪着我走了两个月。要不，她早就离我去了。她病重，省医院早就不收这种病号了……"

我和小娜就记起了那块猫眼石。那块石头，像只猫眼，阴森森地盯着我和小娜。

大钥匙

大钥匙是一个人，一个四十多岁的男人。

人们和他不熟，他和人们也不熟。人们都不知道他的姓名，只因他胸口常挂着一把大钥匙，自然都叫他“大钥匙”，算是他的姓名了。

他胸前的那把大钥匙，常年地挂在胸口，但却没见生锈。倒是他的衣裳，成年脏兮兮的，似乎从来没有洗过。那把钥匙，他肯定经常用自己的衣角不停地擦拭。好几次，我看见他将钥匙放进了嘴里，不停地吮吸，应该在给他那把大钥匙做清洁工作吧。

我每天上班，必须经过天人广场。每次上班，我都能看见大钥匙。远远地看去，他总在找寻着什么，也许是人们丢失在地上的钱吧。

那把大钥匙应该就是他家里的门钥匙了。我问在广场上卖玉米棒的太婆他家在哪。

“他哪里有家哟。”太婆连连摆手。

太婆见我不想走，又告诉我说：“我在这广场卖玉米棒子卖了十多年了，他来这广场也有十多年了，也不知他是从哪里来的，他很少说话，像个哑巴一样。十多年了，他多半日子是在这广场上度过的，挨饿受冻，真是可怜啊……”

太婆话匣子一打开，说个不停。

再次见到大钥匙的时候，是在翠苑小区。大钥匙像只小鸡一样，被两个男青年拎着。大钥匙的头上、身上全是伤。一旁的红衣妇女大声地指着大钥匙骂：“你个不要脸的东西，还想进我们家来偷盗，真是瞎了你的狗眼了……大家看看，我家儿子刚才放学回家，这东西就偷偷地跟上了，胆子大得很啦，居然跟到了家门口，我家儿子正掏出钥匙准备开门时，他就一把将我儿子的钥匙抢了过去。好在我正在家中，打开门看见了，一下子就把他给逮住了。要是我家里没人，不知道这东西会干些什么伤天害理的事出来……”

大钥匙刚才肯定遭到了一顿打。一会，110 来了，将大钥匙带走了。我想说点什么，但什么也没说出口。

接下来的几天，在广场上就没见着大钥匙了。

一个月后，我到实验小学去接女儿。一阵叫喊声响起：“快抓住他！”就有人被路过的胖巡警扑倒在地。我一看，又是大钥匙。他刚才拦住了一个七八岁的小男孩，要抢那小男孩挂在大脖子上的钥匙。大钥匙当场又被带走了。

这个大钥匙真是个不干好事的家伙了，我在心里想。

几天后的端午节，广场上虽然人山人海，但我还是在广场看见了大钥匙。他的脸上，还印着伤疤。我就抱怨那些不作为的警察，为什么不将大钥匙这样做坏事的家伙多关上几天？

就在广场上的人慢慢散去的时候，人群中出现了骚乱。一辆红色小汽车，司机像是喝醉了酒一样，肆无忌惮地向广场冲来。人们纷纷避让，生怕自己被撞上。一个七八岁的小男孩，吓得不知所措，蹲倒在了广场上。那辆小汽车，像支箭一样，就要射向小男孩。就在人们吓得就要闭上眼睛的时候，一个瘦小的身影飞向了小男孩，一把推开了小男孩。

是大钥匙！

他像一朵花一样，盛开在了广场上。那把大钥匙，挂在他的胸前，像那鲜嫩的花蕊。

小汽车被迫停了下来。车上的司机是个女子，因为感情受挫，喝多了酒，居然开车发泄。

前来处理事故的胖警察泪流满面：“你们知道不？大钥匙从没有做过坏事。他在十三年前来到我们这个小城，他是来寻找他的儿子的，十三年前他的七岁的儿子被人贩子拐走了。他只是听人说，人贩子将他儿子卖到了这里，他就想着在这里能找到自己的儿子。可是这些年来，他的钱花光了，人也急疯了，也从不说话了。他只想找到自己的儿子，于是，只要是挂着钥匙的七八岁小男孩，他都会上去看一看，想拉下小男孩的钥匙，和自己胸前的钥匙比对比对，如果是一样的型号，那一定就是他的儿子……可是他没想到，十三年过去了，他的儿子已经二十岁上下了啊……”

三天后的葬礼，在市公安局举行。长长的追悼会队伍里有一个我，我的身边，还有那个卖玉米棒子的太婆。

寻找刘君实

我知道我要去找一找刘君实了。

其实我也不认识这个刘君实。我也只是知道他的名字，还有，知道他是男性。他是初三（1）班学生刘小天的爸爸，而我是这个班的班主任。

刘小天已经三天没来上学了。以前，刘小天也旷课，但只是半天，或者最多两天，他就会来学校，然后就说："我家里有事儿。有事儿就来不了了。"

"那你应该让你爸爸向我请假啊。"我说。

"我爸爸没有手机。"刘小天说。说完，他的两眼就忽闪忽闪地盯着我看。

有时，他也会从身上搜出一张皱巴巴的纸递给我："老师，这是我的检讨书，您就原谅我这一次吧。"

刘小天确实是个听话的孩子，除了偶尔的旷课，他是不会违反其他纪律的，更不用说去打架了。

这是第四天了，刘小天还是没有来，五十多岁的校长对我下了命令："得去会会家长了。要不然，出了事儿你和我都是有责任的。"我想想也是，如今的学校，学生的安全责任大着哩。

我拿出了我班上的家长联系登记表，刘小天家庭地址写着"天水镇小河村二组"，后面的"监护人"一栏写着"爸爸刘君实"，"电话号码"栏是空白。

我知道天水镇小河村离学校确实有点远，路难走，还得坐船。我上午上完了课，就出发了。先是坐公共汽车，一个多小时后到了天水镇。

到小河村还有十多里的小路，没有公共汽车，我就叫了辆摩托车，骑了二十多分钟后，摩托车停了下来，横在面前的是一条小河。小河上有专用的渡船，我上了船，开船十多分钟后靠了岸。

上了岸就到了小河村了。

我走到村头的第一户人家，家里有个小伙子。我迎上前去："请问，村子里刘君实的家住在哪儿啊？"小伙子看了看我，说："村子里没有这个刘君实啊，姓刘的倒是不少。"我知道是问不到结果了。就又向前走了几步，一个女人正在河边洗衣服，我就又问："请问，村子里刘君实的家住在哪儿啊？"妇女连连摇头："没有这个人啊。"

"这里是小河村吗？"我又问。

妇女点了点头："是啊。"

"那你对小河村的情况熟悉吧？"

"肯定熟悉啦，好多人家不知道的事我都知道。这小河村，也就那么几十户人家，没有谁我不认识的！"女人炫耀地说。

"但是，就是你说的这个刘君实我真的不知道。"女人又遗憾地说。

我又向前走。一个六七十岁的老汉正在犁地，我叫住了他："老伯，请问村子里刘君实的家住在哪儿啊？"

老人惊讶地望着我："你怎么还会来找他啊？"

我就来了信心："他有个儿子叫刘小天，在读初中。"老人点了点头。我忙说："是啊，我就找他。"

"那你找不着他了。"

"为什么？"我急忙问。

"他……在九年前就去世了，丢下了老人小孩一家六口人。"老人说。

"可是，他的儿子刘小天在联系表上填写的是'爸爸刘君实'啊。"我又说。

"孩子想爸爸呀，六岁就没了爸爸，怎能不想呢？"老人说着，用手中的牛鞭指了指不远处的一间小屋，又开始了犁地。

我对着那小屋看了看，门前有个十多岁的男孩，正在给一个老婆婆喂食物。

我擦了擦蒙眬的眼睛，加快了脚步，向着那不远处的小屋走去……

阳光，爬满每一天的窗子

秋日的阳光，爬满了窗子，暖烘烘的。

玮懒得坐起，他来这里住院已经一周了，他的精神如雪崩般塌陷。他无法面对现实——白血病，这是不少电视剧中才看得到的一种病，为什么会降临到我头上，他常常这样问自己。

“小玮，又该化疗了。”王医生走过来，和蔼地对他说。

“我不！我不!”他大声反抗。有人越是和蔼，他便越有一种逆反心理。父母为治疗这病已负债累累。他曾想死，一死了之，但这样做也许父母更痛苦。他常强忍着疼痛，显得十分坚强。“我是初三年级的学生了，是半个男子汉了!”他在心里说。

他想初三（3）班的老师和同学，他常常拿出纸和笔，散漫地涂画着他们的名字。他想回到他们中间去。“我不能这样活。”他大声喊叫。纸和笔撒了一地。“我不能这样活，我要读书……”邻床邻房的病人们不约而同地走到他跟前，劝慰他，帮他捡起纸和笔。

又是一个阳光爬满窗子的日子，玮不再喧嚷，因为他收到了一封信：“我们都记着你，多么希望你回班读书。你要养好病，不要急躁。急躁了什么事都可能出现。你应该知道怎样面对现实。要冷静，要充满信心地和病魔作斗争！……另外，不要回信，把自己的感受写在日记本上吧。”落款是三（3）班全体同学。

他的心里升起了一轮朝阳，立即在日记本的扉页上画了个大大的笑脸。是的，要和病魔斗争，他在心里大声说。

每天，秋日阳光爬上窗子的时候，玮便醒了。他期待着，期待着一封信的到来。每天上午 9 点左右，一封信常常如神灵般地飘到玮的手上。

信，成了玮的兴奋剂。“比化疗效果还好哩，小玮比以前精神多了。”憨厚的玮父笑开了花。为了玮，他已背上了一座债山。为了玮，他宁可牺牲自己的生命。

“你要学会与病魔斗争，你已是一个挺棒的半个男子汉了……”

“我们三（3）班在校运动会上拿了冠军。王小林、张平的1500米还破了纪录呢……还有吴琴的作文在市里获奖了呢……”

……

他读着来信，如食兴奋剂一般。“这小个子张平怎么1500米破了纪录呢？他以前跑不过我呢。”他急着说给同房的病友们听。病友们都笑着。左床的是个“骨坏死”的小女孩，右床是个大爷。小女孩只会怔怔地看着他，老大爷却总是笑呵呵的。老大爷像没有什么病哩，成天笑脸，只是脸色有点难看罢了。他常常逗玮开心，不时地说着笑话。不过每天总会用点时间忙不迭地在一个笔记本上写着点什么，挺神秘的样子。

玮知道自己的生命还有希望，因为他知道只要找到和自己相同的骨髓，自己的病就会痊愈。两个多月了，他每天透过窗户看着冉冉升起的朝阳，他每天都充满着生的希望。

“真是天大好消息，小玮，在广州找到了和你相同的骨髓，明天就可以为你植入骨髓了……”王医生说。

“谢谢您。”玮说。他得好好休息，明天上手术台。“上手术台并不可怕，比得上战场吗？这是你又一次生命的开始……”来信上这样说，正像是为玮打气，玮顿时精神万倍。“是的，这就是我又一次生命的开始。”可玮又纳闷了，“我也才知道这个消息，咋班上同学也知道了呢？还有，这寄来的好多信没贴邮票，就算是同学送来的吧，为什么不进我病房呢？还有，这来信字迹是谁的呢，是王小林的？不像，是吴琴的？也不是……”

手术很顺利，3个多小时就完成了，玮没有丝毫的畏惧，更没有流出一丝眼泪。玮苏醒过来的时候，已经是第二天。他睁开眼，发觉病房里少了点什么，因为他没有听见右床大爷那爽朗的笑声。

“大爷。”玮喊。

“大爷走了。”玮父过来说，并递过一封信，“这是大爷留给你的。”

小玮：

你好！

明天你就要上手术台了，你是个坚强的孩子，相信你能挺住。明天过了，你就成了一个崭新的自己。你应该从笔迹上看得出，我就是那个冒充你同学给你写信的人。你刚进病房时很烦恼，我知道你烦恼的原因，你认为自己的病是不治之症，又体谅自己的父母。我从你甩落的笔记本纸上看到了你班上几个同学的名字，于是想着用他们的姓名给你写写信，希望你能挺起人生的脊梁。信中的好多事其实是我胡编的哩。要问我是谁，我是一个军人，上过抗美援朝战场。要问我得啥病住这儿，我也没得什么病，就是骨癌晚期，但我对自己有信心，我坚信我的生命能坚持到你上手术台的那一天。我很庆幸我居然又活了这么长的时间。我走了，去了幸福的天堂……

阳光，爬满了窗子。玮的眼泪涌出来了，一缕阳光正射在眼泪上，亮晶晶的，暖烘烘的。

妈妈是只什么鸟

秋日的太阳，正懒洋洋地照着村子里的这所小学校。天边，有大雁正排着“人”字形向远方飞去。

小学校里在上生物课，林老师正在讲鸟类迁徙的特点。林老师指着喜鹊的标本说：“像喜鹊、麻雀、乌鸦这样一些鸟，活动范围较小，终年生活在它们出生的区域里，不因季节变化而迁徙。这种鸟叫做留鸟……”

上课很少听讲的丁丁来了兴趣。歪着小脑袋，小嘴咬着钢笔，一副认真听讲的样子。

林老师又说：“还有一种鸟，像天鹅、野鸭、大雁，常在一个地方产卵、育雏，却飞到另一个地方去越冬，每年定时进行有规律的迁徙。这种鸟叫做候鸟。候鸟有冬候鸟和夏候鸟之分……”

突然，丁丁将黑黑的小手举得高高的。林老师不得不中断了讲课，让丁丁发言。丁丁站了起来，从不发言的他鼓起勇气大声问道：“老师，我的妈妈是只什么鸟?”

哗，全班同学都笑了起来。

“你的妈妈是妈妈，她不是一只鸟啊。”林老师说。

“老师，丁丁妈妈的名字叫喜鹊，喜鹊就是留鸟。”有同学小声说。

“那名字叫喜鹊的人也不是鸟啊。”林老师又说。

又有同学举手说：“老师，我猜丁丁的意思应该是说他的妈妈像什么鸟，他的妈妈叫喜鹊，这名字像留鸟，但他的妈妈每年只是春节时回家一次，那他的妈妈就像候鸟了。”

林老师听了，连忙说：“同学之间可不能拿父母开这样的玩笑。人就是人，鸟就是鸟。”作为老师，他肯定不能随意地让学生评价同学的父母。

“丁丁同学，请坐下认真听讲。”林老师让丁丁坐下来。可是丁丁一动不动，眼眶红红的，像要哭出来一样。他没有坐下来：“老师，我想请你讲给我听，我的妈妈是只什么鸟?”林老师知道丁丁的性格很倔强，不回答这个问题他是不会坐下的。他也知道丁丁的家庭情况，爸爸得了肝癌，到了晚期了，妈妈在南方打工，每年回来一次，家中还有一个奶奶，七十多岁了。林老师就抚着丁丁瘦小的肩膀说：“丁丁，只是打个比方啊，你的妈妈像候鸟，每年会回来一次的。”

听了这话，丁丁用黑黑的小手擦了擦鼻子，堵住了就要下垂的鼻涕，然后咧开小口，笑了：“老师，我知道你会告诉我正确答案的。好啦，我知道了，我的妈妈每年回家一次，真好啊。”他高兴地坐了下来。

下午放学，丁丁一路小跑着回家，进了门就对着病床上的爸爸喊：“爸爸爸爸，我的老师说了，妈妈是只候鸟，她会每年回来一次的，她真的会每年回来一次的。”丁丁爸爸将丁丁搂进了怀里，他的脸上，早已经淌满了泪水。

第二天，林老师继续讲候鸟的特征：“鸟类的迁徙，往往是由外界各种环境条件的变化而引起。每当冬季繁殖地区气温下降，日照缩短，食料减少，给鸟类生活带来不利，它们就飞到气候温暖和食物较丰富的南方越冬。但越冬地区不适于营巢、育雏，到第二年春天，它们又迁回故乡繁殖……”丁丁很认真地记着笔记，一个字一个字认真地抄着。他不知道爸爸是否懂得候鸟的这些特征，他想将笔记带回家让爸爸认真看看，因为他们家中也有一只候鸟一样的妈妈。

寒假到了，大雪纷飞。丁丁望着天边的野鸭，丁丁想妈妈。就要过年了，妈妈还没有飞回家来。

草长莺飞的春天来了，丁丁的妈妈还没有飞回来。

春季开学的第一天，丁丁挡住了林老师：“老师，你讲错了，你不是说我的妈妈是候鸟吗？那她为什么去年没有回来，到今天也还没有回来?”林老师的鼻子一酸，他早已知道，丁丁的妈妈已经和他爸爸离了婚，在南方已经有了另外一个新家庭。

“老师，你告诉我啊，我妈妈名字叫喜鹊，却不是留鸟。她是一年一回家的候鸟，可是现在，是候鸟的妈妈一年也不回家一次了，那，她究竟是一只什么鸟呢?”丁丁拉紧林老师的手说。

林老师的眼泪就流出来了，他将丁丁紧紧地拥在了怀中。他知道，他是回答不了丁丁的这个问题的。

失手的扒王

十三岁的小扒手，给我讲了个故事。

“大家都没想到，扒王这次会失手。”小扒手满是遗憾地说。

我也就来了兴趣，问小扒手：“扒王做了一辈子扒手了，是这座小城里最早做这行当的人，他已是扒子扒孙一大堆的人了，他怎么会失手呢?”

“扒王是在546路公共汽车上失手的。本来扒王已经一年多没有上车了，那天他分配好任务后，觉得手痒，就想要找点活计，于是上了546路车。凭着多年的经验，扒王一上车，就知道哪个乘客身上有货。那口袋里鼓鼓的，一定不是现金；那眼睛东瞅西看的，手中一定没有多少钱；不出声不出气却很警觉还带着小包的，当然就有‘大货’了。扒王嗅到，这趟车上的乘客中，身上有几百元的居多，千元以上的只有三位。三位千元客中，有两个是女人，另一个是四十多岁的男子。扒王当然不想找那两个女人麻烦，做扒手也得做得有水平，这也是挑战自己。当年那诸葛亮不遇到司马懿，斗得还有什么意思呢？扒王将目标定在了四十多岁的男子身上。

“扒王慢慢向男子靠近。扒王的眼睛朝着车窗外，两根手指头却暗暗向男子的包接近。男子浑然不觉，有一句无一句地和身边的女人搭着腔。

“如毒蛇捕捉猎物一般，迅雷不及掩耳，扒王轻易得手。一包钱！用一张晚报包着。

“扒王回到住处的时候，那些得了任务的扒子扒孙们还没有回来。他小心地打开了那包钱。很快，他又将那包钱包好，迅速地向外跑去。他拦了一辆的士，叫司机拼命向着546路车追。追了二十多分钟，扒王又上了546路公共汽车。还好，那个四十多岁的男子还在，扒王长长地吁了一口气。扒王又慢慢地向男子靠拢，他想着将这包钱还给这个男子。男子的上衣口袋是开着的，扒王用两手指头将那包钱迅速塞了进去。但就在这当儿，一双有力的手如老虎钳般钳住了扒王的手腕。"

"就这样，我们敬爱的扒王失手了。"小扒手悠悠地说。

"那他为什么要将那包钱还给男子？说不定不是一包钱吧？"我问。

"这个原因我也说不上来，我只觉得扒王有些傻啊，钱到手就到手了，怎么还给还回去呢？你说说，就是你也不会还回去吧。后来清点了的，那张晚报里包的钱有两万多元哩。不过有些不同……"说到这里，小扒手顿了一下。

"什么不同？"我问。

"那两万多元钱，只有三张百元大钞，其余的全是零钱，十元的最多，还有五元的，两元一元的，五毛的都有。另外，就是还有十多张医院的化验单和结算单，病人是个六十多岁的老太婆，得的是白血病，厉害着哩。"

"这下你知道你们的扒王为什么要将那包钱还回去了吧。"我又说。

小扒手用力地摇了摇头，说："不知道，但我知道，我们扒王的母亲就是上半年去世的，六十多岁，得的也是白血病。"

"你的母亲在哪？"我问。

小扒手想了想说："我的母亲在乡下，我听说，她每天都在找我，可我不想回去。"

"你想母亲吗？"

"想！"小扒手清脆地回答。

我用手摸了摸小扒手的脑袋。他的脑袋圆圆的，圆圆的脑袋下有张圆圆的脸，圆圆的脸上有两颗圆圆的泪。

我找李三多

好不容易盼来了个休息日，我睡了个自然醒。开了手机，我想着找点娱乐活动。

我正刷牙时，来了电话。匆匆地丢下牙刷，去接电话，是个陌生号码。

“你到哪儿快活去了，快说?”电话那头是个女人的声音，我感觉有到点凶。

“请问你是……”我还没说完，那头就又传来了：“我是刘芳啊，我找李三多。”

“我不是李三多。”我说。

“你不要装了！你的号码，我能将它倒背如流了，你就是李三多。”女子说。

“我真的不是。”

“你不是，那么李三多一定在你这儿。”女子很肯定。

“我是张三，我不知道你说的李三多在哪儿。”我又说。说着，我挂了电话。我得去洗脸。

脸还没洗完，电话又来了，还是刚才那号码。我还是接通了电话。还是那女声：“你不是李三多，那李三多肯定在你这儿，他不在你这儿，那你一定知道他在哪儿。”

“我真不知道。”我说

“可李三多留下的就是这个号码，烧成灰我也记得的。”女声很坚定地说。

“请你不要打扰我了。我是张三。”我说，很严肃的口气。

这一说，对方的女声哭了起来：“呜……我知道你在骗我。那你要告诉李三多，我不想活了，孩子也不想活了。”我正想挂电话，一听这电话，知道这里面有文章。

我静了静，说：“那你能对我说说你的事吗？”女声没有回答，只是哭：“你就对李三多说说，我和孩子都不想活了。呜……”然后，她就挂了电话。

我急匆匆地洗了把脸，一想，丢下这事不管，说不定真会出人命哩。想了想，我拨通了110，我就将刚才的情况说了一遍，我留下了那女子的来电，说：“……说不定那女子和孩子真会自杀啊。”

我担心那女子真出什么事儿，又回拨了那女子的电话。女子说话的语气比刚才平静多了，她在反问：“你不是李三多，那你为什么要打我电话？”

“我不是李三多，我是张三，我希望你想开一点，人的一生中没有什么解不开的结，活着，比什么都重要……”我滔滔不绝。

“你不是李三多，你和我说这些话有什么作用？”女子说。

“我是，我是……那你能把你的情况告诉我吗？”我说。

“你骗我，你不是李三多。你要是李三多，你为什么刚才不承认，你是骗子，李三多是骗子……”女子的声音大了一些。她挂了电话。

我放下手机，想知道110的处理情况。电话又想了起来，我一接，又是一个女人的声音：“你到底在和谁打电话，这么长的时间？你买菜了没？还没买的话那吃什么啊？”

“你是谁？”我问。

“你不是张三吗？我是张三的老婆啊。”对方说。

“我是张三吗？我是李三多啊。”我说。

“神经病！”对方骂了我一句，挂了电话。

我再拨打110的时候，总是占线。回拨先前那女子的电话，回应是“不在服务区”。

我走上了街，在报刊亭买了份晚报。我买到了最后的一份晚报，一看，周围的人们都拿着份晚报，一个大妈走近我说：“哎，你看了报纸没？不知道有没有女子自杀的消息？”

我一惊，晚报掉在了地上。

母亲您好

“母亲，您好。”晚上六点她一进门，就对着老太太说。

老太太躺在床上，听到声音，她转过头来。她头上的白发有些凌乱，她的手挥舞着，说：“你不是我女儿，你不是我女儿，我的女儿叫梅子。”

“我是梅子啊，要不，我怎么会叫您母亲呢?”她说。老太太这才安静下来，呢喃道：“哦，你是梅子，你是梅子，来，你过来。”

“母亲，您有什么吩咐?”她问老太太。老太太瘪着的小嘴里发出了声音：“我要起来……我要起来……”她走近床边，将老太太扶起，搀下床来，坐到沙发上。她端过脸盆，试了试水温，拧起毛巾，替老太太擦脸。然后，她走到床边，替老太太整理床铺。

“不要动我的床!”老太太喊道。她的手停了下来。

“我要吃……稀饭。”老太太又说。她去厨房，端来了一碗稀饭，用勺子盛了，送到老太太嘴边。老太太的嘴才靠上去，就叫开了：“你要烫死我啊。”她就又用脸盆端来冷水，将稀饭碗放在冷水盆里冷却。两分钟后，她再用勺子一下一下地喂进老太太的嘴里。有稀饭时不时地从老太太的嘴里流出来，她又忙着用毛巾擦拭干净。一顿饭下来，居然用了三十多分钟。老太太不急，她也不急。

“母亲，您要活动活动才好。”她说。她知道，老年人能多活动身子骨是大有好处的。老太太站起来有些困难，她忙着上前抱紧，好让老太太起身。然后，她搀着老太太，一步一步，从客厅的东边移到西边，又从西边挪到东边。过了一会，又开始在客厅里转圈，这是老太太每次要求这样做的。几圈下来，老太太不见怎么累，她倒全身是汗了。

她看了看钟，八点四十。

“我要听故事，我要听故事……”老太太又嚷开了。

“那我们讲牛郎织女的故事吧。”她说。

“又是牛郎织女，不好，我不听，要新的故事。”老太太说。

她就又想些故事，但她怎么也想不起新的故事。她就真后悔当初读书时没读好，连几个故事也没能记住。绞尽脑汁地想，来了，乌鸦喝水的故事来了。她就对着老太太讲起来：一只乌鸦口喝了，到处找水喝……

不到五分钟就讲完了。“我还要听故事，我还要听故事。”老太太又嚷嚷。

她就又想起了那青蛙坐在井里的故事，慢慢地一句一句地跟老太太讲了起来。讲着讲着，老太太睡着了。她也想睡，但她知道她是不能睡的，她得慢腾腾地想法子扶老太太上床去睡觉。

夜晚十一点，门上有钥匙响动，她知道那叫梅子的女人回来了。女人满身的酒味，似乎就要喷到她身上的样子。女人递给她一张百元钞票，她点了下头，准备换鞋回家。老太太醒了，直嚷：“梅子，我还要听故事，我还要听故事……”满身酒味的女人走过去，老太太双手直摆：“不，你不是梅子，你不是梅子。”

“母亲，我是梅子啊，要不，我怎么会叫您母亲呢?”女人说。女人朝她挥了下手，示意让她回家。她带上门，身后传来老太太有些发怒的声音：“你不是你不是，你不是我女儿梅子，你要是我梅子，怎么不在我身边呢，我不让你讲故事，我不让你讲故事……”

夜里有风，有些凉意。她刚骑上自行车，手机响了，是五岁的女儿打来的：“妈，你怎么还不回家?”

“你爸呢?”

“在工地上加班，还没有回。”

“奶奶呢?”

“老毛病又犯了，睡在床上一声接一声地哼个不停，她的药也没有了。我好害怕，妈妈。”

她紧了紧衣服，觉得夜里的风更大了。夜色更浓，像一头张着大口的野兽，一会就将她吞没了。

微弱的灯火

他将手中的烟头狠命地朝地下一摔，下定了决心：今天，一定到进到这金帝娱乐城去潇洒一回。

他又看了看天，天色刚刚暗下来，夜空中出现了少有的几颗星，像对着他不停地眨着眼。这里是这座小城的娱乐一条街，和他一同打工的强子和小刚常常提起这条街。他不知道强子和小刚来过没有，但两人讲起来的时候，总是眉飞色舞。

“进了那娱乐一条街，那才是人过的日子哟。”强子说。

“那一条街，还是数金帝娱乐城最好玩。”小刚说。

强子就又接过话茬儿：“那是男人的天堂啊。听说，吃喝玩乐都有，洗脚的，按摩的，还有跳脱衣舞的……”

“还有漂亮的小妹妹陪你喝酒，关系好了，就会陪你睡觉，只要一百元就够了……”小刚笑嘻嘻地说。

他听到这些话的时候，总会有些心动，像有几只蚂蚁在他的心上爬，痒痒的。他也不知道那几只蚂蚁什么时候能够爬走。

“什么时候，我也到那金帝娱乐城去一回。”他在心里说。

来到这座小城打工快六年了，每年，他总能够寄些钱给他乡下的家。家中有他多病的父母、年迈的奶奶和还在上初中的妹妹。

“我也应该寻找我的生活。”他常在心中想。一看到强子和小刚眉飞色舞的样子，他心中的小蚂蚁就爬出来了，他就想真正到金帝娱乐城潇洒一回了。

金帝娱乐城的霓虹灯早就开始在他的眼中闪烁。这回他是真下定进去一回的决心了。

他手中的烟又抽完了。他得买包烟。

路口有个烟摊，一个六十多岁的老头静静地守在那儿，看来他的生意并不好。烟摊是那种常被城管驱赶的小摊，摊子上点亮着一盏电灯，连着蓄电池的那种电灯。电灯发出微弱的灯光，仅仅能照亮这个小摊。

“那灯光，像只萤火虫的亮光。”他在心里说。

他走过去，递给老头二十元钱，说：“拿包烟。”说着他指了指面前的那种烟。他知道这种烟得十八元一包，平常他只抽四元一包的烟。但今天不同了，今天是去潇洒的。

烟摊老头抬了抬眼，和他打招呼：“哟，来买烟，好哩。”说着递给他烟。然后，找给他零钱，二元四角。老头的手，瘦瘦地，像枯树枝。

“您小摊上的烟比商店还便宜几毛钱哩。”他随口说。

“是哩。小摊嘛，图个信誉，有回头客，一包烟赚上三毛钱就够了。其实也不少了，卖三十三包就赚九块九，三百三十包就是九十九块了。”老头说，眼角还带着一丝笑意。

“那一百元得卖三百三十多包烟才赚得到啊。”他在心里做着这个简单的数学题目。他又看了看老头的手，看了看老头脸上浮起的笑，他想起了乡下的父亲。

“小伙子，进金帝去玩玩吧，那儿精彩着哩。”老头对他说。

他没有出声，扭头就走，骑着自己的自行车，急着向自己的宿舍赶。天上的那儿颗星闪闪地发着光，照着他的路。

小烟摊上多了个老太太，老头就高兴了：“老婆子，刚才又卖出了一包便宜烟，少赚了四毛钱。”老太太就嗔怪道：“你个老家伙，又让人家娱乐城少了一笔生意，小心着，娱乐城将你的烟摊掀个底朝天。”

夜色更浓了，小摊上萤火虫样的灯光显得更加明亮。

进我家喝水的叔叔

一进楼梯口，丁丁就看见一个黑衣人拿着钳子刀具在敲打着他家的房门。丁丁还不到七岁，刚上小学一年级。奶奶刚把他从学校接回来，就继续和她的老伙伴们在楼下无休止地拉家常去了，丁丁只好先上楼。

“叔叔，你想要点什么东西呢？”丁丁问。

黑衣人停住了手中的动作，看见是个小孩，忙说：“叔叔口渴了，想喝点水。”

“我手里有钥匙，我来替你开门吧。”丁丁高兴起来了。这是做好事呢，老师明天肯定会奖我大红花，丁丁想。

丁丁开了门，忙着去倒水。黑衣人看了看家里的陈设，大彩电、冰箱、空调一应俱全，心里一阵窃喜。

“叔叔，喝水。”丁丁说。黑衣人接过丁丁递过的一杯水，忙问：“告诉叔叔，你家中还有些什么人呀？”

“有我，我爸我妈，还有奶奶。”丁丁说。黑衣人心里一惊。“不过，现在家里只有奶奶和我。我妈早就不在家里了，她不要我爸了，因为我爸被关进了铁丝网里。”丁丁又说。

“哪里的铁丝网？”黑衣人问。

“好高好高的铁丝网，还有拿枪的叔叔看着他，不让他出来。”

“你爸爸为什么被关了进去？”

“听奶奶说是因为他不听话，我又听隔壁的小玉姐说我爸是偷了人家的东西。不过，他只关三年，只差一个月他就能回家了。到时候，我就有爸爸了，有了爸爸，我也就有妈妈了。”丁丁高兴地叫了，不停地跳着。黑衣人怔住了。丁丁两眼对着他忽闪忽闪地眨着，突然问道：“叔叔，你家有小弟弟吗?”

“有……有。”黑衣人语无伦次地说，“我家里还有两个比你小的弟弟……我要回去了。”

黑衣人慌忙地走出了门。丁丁又赶了出来：“叔叔，你的东西。”说着，递给他那把钳子。

才下楼来，黑衣人将钳子重重地扔进了垃圾箱。

第二天早上，奶奶送丁丁上学，路过街角拐弯处，发现多了个自行车修理的小摊。丁丁指着摊主告诉奶奶：“奶奶，这个补车胎的叔叔昨天到我们家喝过水呢。”

娘的宝贝

那是个星期天，我想着和老婆娟子、儿子小丁一起到西门公园去玩。这小县城也没有什么好的去处。去西门公园这是上个星期就说好了的。一大早，娟子就开始张罗了，说得带点吃的喝的，不然那儿的东西那么贵怎么能行，还说得带个垫子去，不然坐的地方脏死了。正准备出发，我的电话响了。

电话是乡下的妹妹王红打来的，王红的语气有些急：“哥，你快回老家来吧，我刚听人说咱娘又病了。”王红说完就挂了电话。我忙着和娟子、小丁说：“今天就不去玩了吧，我妈病了，要回乡下去，丁丁，要不我们一起去看看奶奶？”听了这话，小丁蹦了起来，叫道：“好哩，我可以看奶奶了呢，奶奶那有件宝贝哩。”娟子有些不高兴，我就想问个清楚，娟子说：“上半年不是回了一次老家嘛，村子里的人都说你娘有件宝贝，说是用个古色古香的木盒子装着。我就看过那木盒子，我让小丁去拿下来看看，倒让你娘给训了一顿，什么宝贝连自己孙子也不给看。”小丁不管，大声叫道：“你们快走吧，不要吵了。”我们便不再争了，和小丁一起叫了辆出租车出发了。

其实县城离老家白水村只不过五六十里地，叫个车不用一个小时就到了，但我回老家的次数并不多。我觉得自己真是有点忙，好像天天都有事，每天都在忙。上次回家的时间大概是上半年三月份了吧，眼下进入了九月了呢。我的老家其实也就我娘一个人，父亲十多年前就去世了。好几次我说让娘到自己家中去住，可娘总说年纪大了，不大习惯。好在我娘的生活还能自理，再说，妹妹王红就嫁在邻村，多多少少有些照应。至于生活费，我当然是每年提前就给了的。这一点，还是让我感到心安的。

我们一家人回到老家的时候，妹妹王红早就到了。隔壁李大爷小声地埋怨着我们兄妹："你看你们，一个吃着公家饭，一个就在邻村，咋不多用点时间来看看你娘?"王红一把扯过我说："哥，娘的高血压和心脏病又犯了，一骨碌倒在了地上，这次要是不是李大爷看见后扶了起来，我们怕是见不着娘了。刚才村里医生来过，用了点药，说还是得到大医院去查一查，用些药，不然，这病会随时随地发的。"

我于是对李大爷连声说着感谢的话，又忙着和王红准备将娘送到县人民医院去。娘还不能说话，知道一双儿女回来了，不停地点着头。一会，东西收拾好了，还是那辆出租车送去。临上车，我娘用手指了指床头，我一看，是个木盒子，我想起早上娟子说的话，心想娘是想着带上她的这宝贝吧。就拿过盒子，用枕巾包了一包，递给了娘。娘这才上了车。

进了人民医院，挂号、住院，一切都还顺利。姓刘的主治医生说："幸亏你们送来得及时，不然，你娘真的有生命危险了。老年人患有高血压和心脏病，可能随时与你们说再见，你们要重视啊。"住院用了三天的药，娘的病情这才好了些。在病房外的走廊，王红就问我："哥，你猜娘的木盒子里真的会是一件宝贝吗?"

"我不知道。也许是吧，我听娟子和小丁说的。"我说。

"我想应该是件宝贝吧。"王红说，"村子里的人说娘在三年前就有了这个宝贝，听说是娘在村东头庙台下开荒时得到的一个宝贝，有人看见的，后来娘就用她最珍贵的针线木盒子给装了起来。"

"去年家里闹贼就是这回事吧。"我又说。

"肯定是啊。但是娘天天将木盒抱着在睡觉哩。"王红说，"你猜会是个什么宝贝?"

"大概是个什么古董吧。"我猜。

"过两天娘就出院的，我和你问问她吧。"王红说。

两天后，娘要出院了。还买了些药一并带回去。到了家，来看望的人们都走了。王红问起了娘："娘，您那木盒子里真是个宝贝吧。"娘的精神好多了，但话到嘴边又缩了进去。我就又问了一遍，说有宝贝让儿子替您保管要好啊，对于您也安全些。娘这才拿过盒子，盒子咚咚地响。真是宝贝哩，我们二人想。娘慢慢地打开盒子，是些奇形怪状的小石子。

我们兄妹同时惊讶地说："这哪是什么宝贝啊，娘？"

娘顿了一下，轻轻地说："这才真是娘的宝贝哩。你们看，这石子有大有小，再数一下看，大的有5颗，小的有11颗，这就是说，这三年来，林子来看了我5次，红子来看了我11次。人的年纪大了，什么事都恋着自己的孩子，总想着你们能来多多看看娘，娘把你们每一次来看得多金贵，这真是娘的宝贝啊，什么时候娘走了，就让娘把这宝贝也带走吧……"

娘的话还没有说完，我和妹妹早已哭成了泪人儿一般。

父亲的爱里有片海

我从海边回到“金海岸”小屋的时候，已经是下午5点多钟。我是从海边回来的最后一拨人，其实昨天我就可以回来的，要不是为了多拍几张“海韵”图片，回去让我那还没见过海的学生们长长眼，我才不会在这海边多呆一会呢。从前天开始，广播、电视、报纸等各媒体就发布消息，大后天将会有台风登陆。昨天就有大半游玩的人返回了市区，今天只剩下小半游人，而且所有剩下的游人都手忙脚乱地在“金海岸”小屋收拾着行李，准备马上离开。

“金海岸”小屋是个前后左右上下六面都用厚铁皮包成的小屋子，只在朝海的那面开了个小门。这也许是经历风暴者对小屋的最佳设计吧。小屋里有些简单的生活设施，可以供人们将就用着。这小屋挺有特色，前天我专门为它拍了几张特写照片呢。这小屋离海边最近，到海边游玩的人们常在这儿歇会儿脚。说它最近，其实走到海边也是要一个多小时的。

天，总是阴沉着脸，像要随时发怒似的。要不是“金海岸”的小老板响着一台收音机，这“金海岸”早就没有了一丝活力。要在旅游旺季，“金海岸”屋里屋外人山人海，比繁华的市区也毫不逊色。“这铁板做成的金海岸也不是金海岸了，大家快收拾东西到市中心，躲进厚实的宾馆里去吧。”那小老板不停地大声叫着。

人们各顾各收着东西，少有人说话。我的东西很少，早已收拾停当。忽然，我看见两个人，约摸是父子二人，父亲有四十岁的样子，儿子不过十来岁。父子俩一动不动，孩子无力地倚在大人身边。父亲提着个纸袋子，好像只有条毛巾和一个瓶子。可是，他们一点也不惊慌，仿佛明天就要到来的台风与他们毫无关系。

“父子俩吧。”我走过去，搭了搭腔，那父亲模样的人点了点头，算是回答。

“收拾收拾，我们一起走吧。”我是耐不住寂寞的一个人，我说。

父子俩没有作声，四十岁的父亲对我笑了笑，却没有回答。我想他们是对我还有一种戒备心理吧。

“您说，明天真的有台风?”一会，倒是那父亲盯着我问。我重重地点了点头。他的脸上爬上了失望的神色。

还有一个多小时公共汽车才来接我们回市区，人们都拿出早就准备好的食物来对付早已咕咕叫的肚子。我也拿出了我的食物，一只全鸡、一袋饼干、两罐啤酒。

“一起吃吧。”我对他们两人说。

“不了，吃过了。”那父亲说，说着扬了扬他那纸袋子里的瓶子。是一瓶榨菜，吃得还有一小半。我开始吃鸡腿，那父亲转过头去看远处的人们，儿子的喉结却开始不停地蠕动，吞着唾沫。我这才仔细地看看孩子，瘦，瘦得皮包骨头一样，偎在父亲身旁，远看就像是只猴子。我知道孩子肯定是饿了，撕过一只鸡腿，递给了孩子。父亲忙转过脸来对我说了声谢谢，我又递过一只鸡翅给那父亲，父亲这才不好意思地接在手里。等到儿子吃完了鸡腿，父亲又将鸡翅递给儿子。儿子没有说话，接过鸡翅往父亲嘴里送。父亲舔了下，算是吃了一口，儿子这才放心地吃。

我忙又递给孩子父亲几块饼干，说：“吃吧，不吃身体会垮掉的。”父亲这才把饼干放进嘴里，满怀感激地看着我，开口了，又问：“您说，明天真的会有台风?”

“是的呀，前天开始广播、电视和报纸就在说，你不知道?”我说。父亲不再作声了，脸上失望的阴云更浓了。

“你不想回去了?”我问。父亲长长地叹了一口气，说：“还怎么能回去呀?”他的眼角，有几颗清泪溢出。

“怎么了?”

“孩子最喜欢海，孩子要看海呀。”他拭去了眼角的泪。生怕我看见似的。

“这有什么问题，以后还可以来的。”我安慰说。

“您不知道，”父亲对我说，“这孩子今年十六岁了，看上去只有十岁吧，他就是十岁那年检查出来得了白血病的。六年了，前两年我和他妈妈还四处借钱为他化疗，维持孩子的生命。可是，一个乡下人，又有多大的来路呢，该借的地方都借了，再也借不到钱了，只能让孩子就这样拖着。前年，他妈妈说出去打工挣钱为他治疗，可到现在倒没有了下落。孩子就这样跟着我，我和他都知道，我们在一起的时日不会很长了。孩子就对我说，爸，我想去看看大海。父子的心是相连的。我感觉，孩子也就在这两天离开我，我卖掉了家里的最后一点东西，凑了点路费，坐火车来到这座城市，又到了这海边小屋子，眼看就能看到海，满足孩子的心愿了，可是，可是……”父亲哭了起来，低沉的声音。

“不管怎么样，还是先回去再说吧。”我劝道。

“不，我一定要让孩子看到海。”父亲坚定地说。

接游客的汽车来了，游人们争着上了汽车。我忙着去拉父子俩。父亲口里连声说着谢谢，却紧紧搂着儿子，一动不动。但是我不得不走。我递给那父亲三百元钱后，在汽车开动的刹那我也上了汽车。因为我想也许还有一班车，他们还能坐那班车返回。到了市区，我问起司机，司机说这就是最后一班车了。我后悔起来，真该强迫父子俩上车返回的。但又想起父亲脸上的神情，我想那也是徒劳。给了三百元钱，似乎心安理得了些，但那三百元钱对于他们又有什么用呢?

当晚，我在宾馆的房间里坐卧不安，看着电视，我唯有祈祷：明天的风暴迟些来吧。

然而，水火总是无情的。第二天，风暴如期而至，听着房间外呼啸的风声，夹杂着树木的倒地声。我心里冷得厉害，总是惦着那父子俩。台风过后，我要回到我的小城去上班了。回城之前，我查询到了“金海岸”小屋的电话号码，我想知道那父子俩到底怎么样了。到下午的时候，电话才接通。“金海岸”的小老板还记得我。我问起那父子，小老板说：“我也是刚回到小屋，那父亲我前一会儿还看见了的。”我的心放松了些。他又说：“听那父亲说，风暴来的当天，父子俩还是去了海边，幸好及时地返回了我的金海岸小屋。我的天啦，这次的海水还暴涨一点，淹没我的小屋，那他还有命吗？就在台风来的时候，那瘦瘦的孩子永远地闭上了眼睛，躺在父亲的怀里，脸上漾着幸福的笑容……”

我拿着电话，怔怔地站着。窗外，云淡天高，暴风雨洗礼之后的天空竟是如此的美丽！

叫你一声“哥”

解放路派出所干警们接警后赶到天龙商城时，商城楼下已经围了黑压压的一大群人。抬头一望，二十四层的楼顶上隐约显现着两个小黑点——是一名抢劫犯劫持着一个人质。小黑点忽闪忽闪的，好像随时可能飘向地面。

所长刘明立即让干警们疏散人群，一面又让人去准备海绵垫和尼龙网，说万一跳下时或许能起到作用。刘明带着派出所里能说会道的小诸葛曾行上楼去，准备做劫匪释放人质的思想工作。赶到楼顶时，楼顶上已经有两三个热心的群众远远地在对着劫匪喊话。见有警察来了，他们立即将了解的情况说了出来：“劫匪叫张平虎，进入二十楼一户人家行窃时被刚好回家的父女俩撞见，他一刀刺中那父亲的胸口，那父亲倒下了。二十多岁的女儿往外跑，正想报警，被劫匪追上当作了人质……”

刘所长正想走近劫匪喊话，不料对方大声嚷起来：“不要走近，再走近我就一刀杀了她。”说着用胳膊把那女子勒得更紧了。女孩浑身是汗，像一只无助的羊羔。刘明只得停住脚步，他知道这时候得稳住劫匪。

“张平虎放下手中的刀吧。我们会从宽处理你的。”刘明说。

“你别骗我。三年前我的老婆就被人骗着卖了，我东挪西借了一万多元钱去找她，人没找着，在公共汽车上，钱也让人给掏走了。为了生活，我只有偷和抢……今天我又杀了人，我不想活了。”劫匪说，满脸的怒气。

“你的问题我们来慢慢为你解决。”小诸葛曾行发话了，“这样，你放了这人质，我来做人质，我跟你走，行吧?”

“不，你是想利用这个机会来抓捕我吧。我再说一遍，你们再靠近，我就拉着她一块往下跳。你们快点向后退。”劫匪说着，把胳膊又紧了紧。

所长见劫匪越来越凶，忙对曾行说：“我们还是退吧，在暗地里牵制他。”

“快退，退到我不能看到的地方！”劫匪又说。

刘明朝楼下望了望，他在看楼下的尼龙网和海绵垫准备好没有。如果真和劫匪达不成协议，只能硬拼了。万一硬拼时劫匪带着人质跳楼，或许尼龙网和海绵垫会起点作用。

才过了 5 分钟。

女人质已经站在刘所长面前，劫匪把双手举在后头。一双手铐戴上了他的双手。

干警们带走了劫匪。

疑惑不解的刘明所长拉过那女孩问：“你怎么脱险的？”

“我只是说了一句话，他就放了我，”女孩说，“我说，哥，你的胳膊把我弄疼了。”

最美的天使

我在小学做四年级班主任的那年，学校每学期都要在班上评选一名“最美的天使”。那几天，我正在为这事发愁，因为在我眼里，孩子们都是美丽的，我无法知道谁是班上最美丽的天使。

正为这事烦着，又来了一件心烦的事。班上从外地转来了一名新学生，一个小男生，他叫朱臣。个子黑瘦，一双小手黑黑的，样子总是有些怯怯的怕人。进班了，他也极少和同学交流。我是班主任，见了我他也不打个招呼。班上进了这样的小男生，他不闹点事才怪。不过，我又看了看他，小男生的两只黑眼珠倒很是灵动，骨碌碌地转，让人觉得他还有些生气。

“老师啊，这孩子有些调皮，学习上也不是很自觉。以后还请老师多多关心啊……”他妈妈送他来学校的，生怕孩子在学校不习惯，临走时连连对我说。我连忙不住地点头。其实，好多刚转来的学生大多是这个样子，不好动，自个儿玩，但过了一些日子，他就自然而然地变得活泼了。

过了一个多星期，我发觉，朱臣还是个老样子，他不和同学来往，说话也很少。这孩子到底怎么了呢？我在心里想。我又想，过些日子再说吧，说不定他会变的。快十岁的孩子了，还像幼儿园的小朋友？但我还是想和他谈谈。当天下午，我找到了朱臣，从他的优点说起，说他守纪，说他爱清洁，说他有集体荣誉感，动用我的三寸不烂之舌和他谈心，可是，他说话很少，常常是点下头，或者最多“嗯”一声，让我觉得真不是滋味。看来这孩子真是难得教了，我心里想。

接下来是一次随堂测试，朱臣的成绩排在班上最后一名。虽然我不是以成绩论学生的一个教师，但又想起朱臣进班来的表现，想起我作为老师为他的付出，我心里有些不舒服。

我不和朱臣多说话，因为说了也好像是白说。但我还是用了很多的时间来观察他，特意将他的座位调到了第一排。还真大有收获，我发现，朱臣虽然上课时不大用心，但下课时间他很喜欢用纸折“爱心”。纸是黄黄的那种纸，比作业本上的纸要硬一些。他不停地折，好像总是折不完似的。我细细地看过他折的“爱心”，很是精致。特别是那心形凹下去的部分，是朱臣用小刀小心地刻成的，比专业工具做得还要好。可是，居然有一次，上数学课时朱臣正在折他的“爱心”，被老师当场抓住。数学老师将他交给了我，朱臣见了我，也不害怕，一副等着我来重重处罚他的样子。我没有发怒，只是轻轻地问他：“为什么要折这种东西啊？”

他低着头，仍然不作声。我真生气了，说：“你再不作声那我也管不好你了，也就只能让你转班了……”我话音未落，朱臣开口了：“老师，不要让我转班。”他用一双乞求的眼睛看着我。

“那为什么要折啊，朱臣？”我又问。

朱臣顿了一下，小声地说：“老师，我能不说吗？”

“不说不行！”我大声地说。因为，我还看到，教室里的窗户玻璃上也贴上了朱臣折的“爱心”。

“老师，您认为玻璃上的爱心不漂亮吗？”谁知，朱臣反问我。我又看了看玻璃上的“爱心”，这不分明是乱粘贴吗？“你乱粘贴，破坏教室的美观。”我反驳他。我倒还想着将他转出班去。在当时的学校，大家都一心想着升学率，品德不好成绩差的学生一般的班级是不要的。

“老师，我向你保证，明天之后，后天开始，我不再折爱心了。”看到我真生气了，朱臣主动和我说话。

“不行，从今天开始，你就不能折了。”我斩钉截铁。

没想到，朱臣哭了起来：“老师，一进到这个班我就数了的，我们班上的学生和老师一共有五十九人，我想送给每个人一个爱心，我只差六个爱心了，就让我还做一天吧……我爱这个班级……也许，过几天我爸爸妈妈又要离开这座小城到另外的地方打工，我就再也见不到你们了……”

我一惊，怔在了那儿。原来，他是我们最美的天使。

王脚丫

王脚丫是我儿时的伙伴。

我们童年那会儿，是没有电视看的。夏天的夜晚，雪般晶莹的月光洒在房前屋后时，青蛙们鼓着肚子开始叫个不停，我们也热闹起来。偶尔小肚皮饿了的时候，就去摘人家田地里的瓜果。更多的时候，我们玩“解放军抓坏蛋”的游戏。王脚丫最来劲，嗖嗖地爬上柳树，唰唰地摁一把柳条下来，轻轻地揉成个圈，这就成了军帽。王脚丫也就成了军长。手指一点，谁谁就成了解放军，谁谁就是坏蛋。大伙都没有责怪，是坏蛋的立马去隐藏到黑暗处，等着解放军去寻找。

“哈哈，最狡猾的铁青也被我抓到了，连同小芳，我一个人捉了六个坏蛋……”王脚丫总是得意扬扬地向大伙炫耀。末了，王脚丫又一把拉过小芳：“走吧，女俘虏都统统地放掉。”然后，他再让剩下的俘虏一个个蹲马步。

几乎每个有月亮的晚上，王脚丫总是想着要做军长。好几个晚上深夜回去，太晚了，被他爹王大头将屁股擂得鼓一样的响。他一声不吭。王大头去睡了，娘就问他：“咋了，天天回来这么晚，你学会的几个字都玩得不认得你了。”

“娘，我想当兵，当军长。”王脚丫杀猪一般的哭了起来。

王脚丫十五岁那年，有部队来村子里征兵。王脚丫第一个报了名。人家一看，是个屁股后还有黄泥巴的小子，一问才十五岁，一口回绝了他。第二年又征兵，王脚丫第一个进了体检室，一双烂鞋一甩开，黑黑的一双脚漏了出来。王脚丫想跑出去洗一洗，被人叫住：“你不用洗了。”王脚丫一脸的困惑。

“你的脚丫是鸭脚板，哪个敢要你去当兵哟。”

王脚丫懵了。来征兵的有五六个人，王脚丫一个一个地立正敬军礼，一个一个地扯住人家的袖子问：“首长，我真不能当兵，真不能做军长？”人家只是一个一个地叹气摇头。

王脚丫得了一场病，窗外的月光再明亮，他也懒得去理。王大头请来了村里的医生，量体温，开药。王脚丫不配合，也不吃药。接连几天，他卧在房前的一个破藤条椅里，不说一句话。我从大街上买了他平时最爱吃的油条，他不闻一下。猛然，他从破椅里一跃而起。我一惊。是隔壁村子的退伍军人李大个，穿着件旧军装从门前走过。那旧军装，绿绿的颜色特别惹眼。王脚丫的一双眼睛被勾了过去，直到那绿色消失成一个小点。这时，王脚丫才有了点精神。

他娘疼儿子，第二天就卖了家中的两只生蛋母鸡，给王脚丫买了一套军装——只不过是套绿颜色的衣服罢。王脚丫的病全好了。当晚，没有月亮，他一个一个邀我们出来，他指挥“解放军抓坏蛋”游戏，真成了军长一般。

有事没事的时候，王脚丫就会穿上他那套绿色的军装，很是神气。流着鼻涕的小三想要用手摸一下，被王脚丫拧了几下耳朵，说怕你的鼻涕弄脏了这绿色哩。

王脚丫有更神气的时候，那天去他姐家吃酒席，得坐公共汽车。座位少，穿着军装的王脚丫就主动站着。中途时，上来两个玩扑克的年青人，大家一看就知道是骗钱的，不想去理。谁知，还是有人禁不住诱惑，一下子将口袋中的钱输了个精光。两个年青人正想下车。“站住！不能走！”王脚丫大吼一声！两青年一看，是着军装的，一下子愣住了。王脚丫就势一手抓一个，在大家的陪同下，将两青年送到了派出所。他还没有回家时，王脚丫一人抓俩骗子的消息就传遍了几个村子。我们对他佩服得真是五体投地。

王脚丫没念完高中就辍学了。在农村，王脚丫也到了找媳妇的年龄。媒婆踩坏了他家的门槛，王脚丫只是一个劲儿地摇头。娘就又问他：“这么俏的媳妇你打着灯笼也找不到的，你到底要哪样的媳妇哟？”王脚丫还是不说。其实和他同过班的我是知道原因的。高中只上了两年的王脚丫，成绩不怎样，但他交了一个很满意的笔友。这笔友是在山区工作的一个女孩，通讯站的话务员。他曾私下里对我说："她是话务员，也是穿着绿军装哩。"没过几天，王脚丫对娘说了声"去找个人"就走了。他是去找那话务员的。

过了三天，王脚丫的爹娘正在央我一同去找脚丫时，有穿着警服的公家人找上门了。他爹娘慌得不得了，心想总是王脚丫在外惹什么坏事了。谁知，穿着警服的公家人还没开口，脸色却罩了层乌云一样："旮旯山区派出所来电话，说一个叫王脚丫的男青年被一名逃犯刺成了重伤，正在医院抢救……"

我们都不相信这是真的。"警察，这不可能是王脚丫吧。"我大声说。

"他是不是穿着件假军装啊?"警察轻声说。我们就不再问什么了。原来，前天王脚丫赶到旮旯山区时，正赶上一大批警察在追一名杀人逃犯，穿着绿军装的王脚丫立马加入了战斗。谁知，他和穷凶极恶的逃犯狭路相逢，逃犯以为他真是个军人，掏出匕首对他下了重手。

我和王脚丫爹娘赶到医院时，王脚丫已经很虚弱了，几乎没有了呼吸。听见他娘的声音，他尽力睁开了眼睛。娘将耳朵贴在他的嘴上，听他没有声音的说话。

我也挨了过去，他声音倒大了许多："林子，你说我是不是个军人?你说我能不能做军长……"我还想听他说话时，他已经笑着闭上了双眼。

王脚丫是穿着一套真正的军装到另一个世界去的。这是他娘特意安排的。他娘说："脚丫这下可以做军长了。"

去年春节，我回到老家去。见到了王脚丫的娘，六十多岁了，脸上的皱纹比田里的沟壑还深。见了我，他娘说："你多好啊，脚丫还在，也和你一般大了……"我安慰了他娘几句，不想再说下去。晚上，在老家的木床上，我做了一个梦：脚丫穿着一套崭新的军装，雄赳赳气昂昂，满脸的笑容……

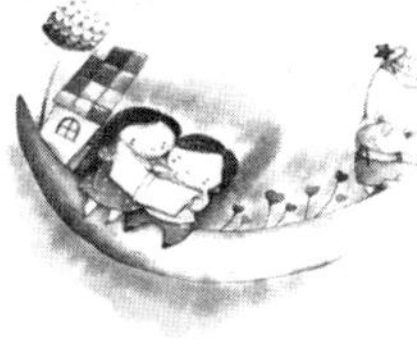

小草的眼睛

刘老根这下又遇到难题了。

前些年，刘老根和老伴儿为家中儿子刘三毛的婚事发愁。儿子不知咋的，长到五岁的时候还不会说话，叫他他也不应声儿。等到送到省城大医院去检查时，人家说为啥不早送来，这小子让你们做爹妈的给误了，成了聋哑人。三毛没能念上书，长到十六七岁时，就知道向着女人追。老根知道这小子长成人了，就想着给儿子张罗媳妇的事儿。可儿子既聋又哑，哪家的姑娘看得上呢。不说一般的姑娘家看不上，村子东头的二寡妇也看不上他。刘老根还担心成人的三毛在外惹事，心就更急了。偏偏，也就来了好事儿。清水湾的大媒人陈大嘴找上了门："老根，这事好说，清水湾的小草姑娘长得好哩。只不过，人家眼睛有点问题。"

"好哩，好哩。"刘老根就说，"不知人家答应不？眼睛有点问题那算个啥啊?"

"有个条件，人家姑娘嫁来了得为人家治好眼睛。"陈大嘴又说。刘老根当即一拍大腿："行!"

一阵锣鼓，眼瞎的小草姑娘成了聋哑的三毛小子的新媳妇。那几天，刘老根和老伴儿都高兴得合不拢嘴。

难题就出在喜事之后的一天，刘老根正和邻居张小手喝着酒，陈大嘴又找上了门："得为人家小草治好眼睛。"刘老根就回话："昨日就计划好了，后天就动身往省城大医院去。"话音未落，张小手放下手中的酒杯就接过了话："老根啊，这事得多想想哩。"这话倒提醒了老根。张小手就更神秘了："老根，想想，要是你家治好了姑娘的眼睛，那时，这姑娘还是你刘家的吗?”这话一出口，刘老根正打着的一个酒嗝也停了，僵在了那儿。“是啊，治好了眼睛，姑娘还是我刘家的吗?”刘老根又重复了一遍。这下真就成了刘老根的新难题了。钱不是很大的问题，卖掉家中的一头猪和几只羊，是够得上数的。可要真是治好了小草的眼睛，她走人了咋办?

“那可不成，可真不成。”一旁的三毛他娘也说话了。

刘老根抽着闷烟。那晚，他一宿没睡。

去省城时，刘老根亲自去了，带着小草，还有三毛他娘。手术找的是省城医院最好的眼科医生，花去了老根六千多元钱。不到一个月时间，小草的眼睛睁开了。

“好漂亮的一双眼睛。”看见小草的人都说。

越是担心，那事儿就越是发生。在一个有着大月亮的晚上，小草带着自己的衣物，还有她手中的一些钱，离开了刘家。刘三毛嘤嘤地哭着，想要出声，却出不了声。

三毛他娘直埋怨刘老根：“就你个死鬼，非要给那娘们看眼睛，这下好了，人也跑了。”邻居张小手也只是笑。村子里人们就说这刘老根怎么这大岁数了，这么简单的问题也想不到。也有人建议说，去清水湾向小草娘家人要那六千多元的手术费吧。刘老根也只是摇头。

日子总得朝前走，刘老根已经习惯了人们给他的指责。就在人们还有刘老根夫妇就要将这事忘记的时候，小草回来了。她的眼睛比前几个月更明亮了。她的身后，跟着个男人，男人背着个大大的包。

张小手见了，就对村子的人说：“看哩，小草回来了，还带着她的新男人回来了，这下是和三毛离婚的。”也有人为刘老根庆幸，这下为她治眼睛的六千多元钱可以向她要了。刘老根一家三口都在。小草对那背包的男子小声说了几句，背包的男子就从包里开始拿东西。男子拿出几件器具，就往三毛身上套。三毛想跑，被小草给按住了：“三毛，不要动了啊，这是李医生，来为你治病的。”听了这话，刘老根老两口长长地吁了一口气。小草转过头对他们说：“爹，娘，我上了省城，请来了省城治聋哑的专家，我觉得，三毛的聋哑还能治，我真的希望能治好他的聋哑……”

老两口眼里噙满了泪。小草又说："家里为我动了手术，我睁开眼睛的那会儿，我看到的是爹、娘，还有三毛，那满是期盼的眼睛。我就想着，我要用我的眼睛，找回我们那丢失的很多东西……"

周围一下子围过来好多人，他们看见，小草的那双眼睛，好大，好美!

鼓　手

鼓手不是鼓手。

鼓手名叫憨儿。憨儿这名儿也不是他爹娘为他起的。憨儿出生三个时辰了，胖乎乎的接生婆将他的红红的小屁股拍得青青的，他吭也不吭一声。

“怕不行了，你们准备后事吧。”接生婆丢下一句话，连他爹娘送给她的鸡蛋也不敢要，一溜烟地走了。憨儿的娘就开始大哭起来，他爹拿了床烂凉席，就要将憨儿包了，埋在后院。才放进凉席，憨儿“哇”地哭了起来。他娘就不哭了，大笑起来，一把抱过憨儿，亲个不停。他爹更是高兴，想不到四十多了，还真得了个小子。二十多年前好不容易将憨儿娘娶进家门，却蛋也没能生一个，倒累坏了他爹。他爹是一身的病，一年三百六十五日用药罐子泡着，成天如架手扶拖拉机，隆隆地咳嗽，响个不休。中年得子，自然是高兴得不得了，侍弄好娘俩，他爹喝了二两酒，喝了就上床去睡。不想，一觉没能醒来。

“这小子，是克星，将他爹克去了……”人们都说。

小子两个月了，还没有名字。吃他娘的奶，居然找不到奶头，还得让娘将奶头送进他嘴里。“是个憨憨，就叫憨儿吧。”他本家大伯建议说。他娘觉得也好，名字低贱一点，娃儿好养大。

小子确实好养，特能吃，才三岁，每餐能吃三大碗饭，比他娘吃得多好多。但吃得再多，他的话也不多，一棍子砸不出个屁来。“唉哟，我真是生了个憨儿子……”他娘常常叹息。叹息时间长了，有时禁不住流下眼泪来。憨儿见了，就用手抹娘的眼睛，黑乎乎的手在娘的脸上乱摸，将娘的脸抹得黑包公一样。娘就不哭了。五岁了，憨儿只会说几个简单的字，他说“吃”，就会一手将碗抢过来；他说“娘”，就一头钻进了娘的怀里，要吃娘干瘪的奶头。伙伴们来喊他去玩，他一声不吭。当然，他也不会穿衣服。每天，娘先忙着给他先穿上衣服才能下地去做事。村子里的人，男女老少，都是“憨儿”“憨儿”地叫个不停。娘的心里，总像被一阵阵秋风掠过。

憨儿呢，成天就坐在个小板凳上，一动不动，娘不回来，他的屁股不挪个窝儿。那小板凳，是娘央求隔壁的木匠爷用香椿木板做成的，不大，很轻，很是结实。有了四岁多，憨儿才学会走路。这样，娘不在家的时候，憨儿就可以搬着板凳走动了。娘回家的时候，憨儿就傻傻地笑，拿起小板凳，用根小木棍“嘭嘭”地敲。

居然，憨儿出来亮相了。那是村子里的二狗新婚大喜之日，神气的鼓乐队接了穿红挂绿的新娘子从门前走过，锣鼓咚咚地响，唢呐呜呜地叫。憨儿从家里冲了出来，左手拿着小板凳，右手拿着小木棍，拼命地敲打着。人家见了，就笑：“憨儿哟，别把家里的小板凳敲坏了，那可要挨你娘的骂的。”憨儿不管，人家敲，他也敲，一直跟到了二狗的新房门口。后来的结果是，憨儿得到了新郎官二狗亲自递过来的两颗喜糖。憨儿拿了喜糖，急忙往家里跑。他在找他的娘。娘不在，憨儿就一屁股坐在小板凳上，拿着两颗喜糖，等着娘回来。天快黑的时候，娘才从地里回来。一见憨儿的样子，抱着他呜呜地哭了起来。

再有红白喜事的时候，在梆梆响的锣鼓队后边，就多了一个小黑点，那就是憨儿用木棍敲着小板凳。人们也不撵他走，倒给他快些让道。憨儿俨然成了乐队的一员。末了，憨儿也会得到两三颗糖，有时也会有年长的人让憨儿坐上桌子吃饭。憨儿也是一句话不说，坐了上去，他只是吃饭，不吃菜。菜呢，属于他的那一小份子，他用小碗盛好，端回家里给娘吃。娘也不忍心吃，就又喂给憨儿吃。常常是，娘吃一口，憨儿才吃一口。吃来吃去，憨儿就有了笑声。咯咯地笑，不像小山子笑得那么甜，倒很像小铁棒敲碎玻璃的刺耳声。但憨儿还是不会说话。

有好几次，憨儿吃得高兴了，咯咯地笑过后，他就拿起了小板凳，用小木棍敲起来。敲给正在吃着饭菜的娘听。娘也咯咯地笑个不停。敲过四十多年鼓乐的刘老根听了，说，这小子，用板凳敲得比我还好，还有，这小子红喜事和白喜事敲得不同，这狗日的真是天才了。就拿来自己的一面老鼓，让憨儿敲。憨儿看了看，一把推开。刘老根又拿来，憨儿又推开。一面又拿过自己的小板凳，咚咚咚地敲起来。

几乎在每个晚上，娘从地里回来的时候，憨儿都会拿出小板凳敲上一阵子。娘笑了，憨儿才放下手中的木棍。于是就有人想着请憨儿去表演表演。有一次，在外发了大财的周大军的娘六十大寿，出了大价钱请憨儿专门去表演，憨儿不知什么时候躲进了床底下。闹得村子的人寻了一个晚上。

有回村子里闹贼，黑影人进了木匠爷的家门，木匠爷大喊“抓强盗”，村子里人们都起来了，但就是不敢靠近贼人。十多岁的憨儿也穿了裤衩起来了，拿了小板凳，嘭嘭地跑着敲个不停。贼人慌了，扑腾一下跪了下来。第二天，憨儿小板凳抓贼的故事，长了脚一样传遍了村子。

十多岁的憨儿没能上学，他还是只会说简单的字，他的话只有他的娘能听懂，他也只懂他娘说的话。农闲的时候，村子里就多了一道风景，憨儿和娘坐在一起，憨儿用心地敲打着小板凳，娘静静地听着。有路过的人听见了，也默默地站在一旁，看憨儿为娘敲小板凳。

就这样，一个小板凳，憨儿将娘的脸敲成了一朵绽开的花儿。这个小板凳，也将娘敲成了满头白发。

憨儿二十好几的人了，敲着小板凳为村子里的小山子、大狗子、李小娃娶进了新娘子，却没能给自己敲来一个花媳妇。娘说要为憨儿找个花媳妇，憨儿听懂了，号啕大哭，好几天不敲小板凳。憨儿说：“娘，你，我媳妇。”娘知道憨儿在说，娘就是他媳妇。娘心疼地一把将憨儿搂进了怀里：“你这个憨儿呀……”

憨儿三十岁那年，冬月的最后一天，白发苍苍的娘闭上了双眼。送娘的那天，憨儿走在最前头，又敲起了小板凳。老天下起了雨，如小石子一样落在憨儿头上。憨儿手中的小木棍敲得更激烈，娘入土那刻，“嗵”地小板凳被敲破了。憨儿双膝跪在了娘的坟前。

木匠爷又用香椿板给憨儿做了个更结实的小板凳。但是人们再也没有看见憨儿拿出小板凳来敲，连敲打的声音也没有听到过。

憨儿不再敲小板凳了。

只在每年冬月的最后一天，娘的忌日，人们才听见有敲打小板凳的声音响起。嘭——嘭嘭——仿佛从遥远的天际飘来，一声，又一声……整夜地在村子的每一个角落回荡。

“这是我们村子里真正的鼓手啊。”敲了一生鼓乐的刘老根捋着白须，悠悠地说。

董憨巴

董憨巴，董憨巴……

放学的小孩子们见了他就喊。憨巴是个方言词，是骂人的话，称一个人弱智的时候才这样叫。

但他知道自己叫董憨巴。当然，他也不知道憨巴是什么意思。有人叫他“憨巴”的时候，他也总是“哎，哎”个不停。他似乎没有名字，我很小的时候就认识他，但从来没有见人喊过他的名字。他似乎没有父亲，我们只知道他有一个母亲。我们放学的时候，常常看见董憨巴坐在一个小凳上，端端正正的，他的母亲在给他洗头。

小镇上的人几乎都认识董憨巴，因为他会挑水。

上个世纪七十年代，小镇还没有自来水，仅有的一条河，河水只能作洗涤之用。饮用水得去挑。小镇靠近长江，翻过两道堤，就是长江。长江在这儿拐了道弯儿，弯成了渊，名西门渊。有了西门渊，长江的水就清澈起来。小镇人想吃长江水，就请董憨巴来挑，有价钱，一分钱一担。

几乎我们每次看见董憨巴的时候，一定会最先看见他肩上的扁担。那扁担，就像是钉在了董憨巴的肩膀上，从来没有卸下来。有哪家要水吃了，就大声地叫一下：“董憨巴，来担水。”董憨巴也不应一声，十多分钟后，一担清澈见底的水就进了家门。主人就会递过一分钱：“拿好了啊，董憨巴。过几天让你娘给你娶媳妇。”

“娶媳妇做甚？她要吃饭，没有饭吃。”董憨巴总是翁声翁气地来上一句。

“有了媳妇就有儿子了，你不要儿子？”就有人接着问。

“我就是儿子，我就是我娘的儿子。”董憨巴的声音大了一些。主人就不再理会他了。他就会又寻找下一个挑水的人家。好多的时候，董憨巴挑着一担水，也会唱起娘教他的歌儿。歌声也是嗡声嗡气的，就随着他肩头的水荡漾开来：

西门渊的好江水，

清亮又甜美，

买了我的水，

做饭做菜好滋味……

董憨巴一遍一遍地唱，有时还唱出了调儿，那是董憨巴高兴的时候。要是想起了他嫁到农村去的妹妹，他的调子就低沉得多：“董憨巴的妹妹下农村，我就挑水谋日生……”唱着唱着，却没有了歌声，传出了哭声。这时候，人们再喊他去挑水，他是绝对不会答应的。镇东头的杀猪佬拿出一角钱来请他去挑担水来，他将那一角钱撕了个满天飞。有时，也有人家请他挑了水却不给钱的。董憨巴也不气恼，只是问：“一分钱也没有？真的一分钱也没有？那明天吧，明天会有一分钱吧？”可是到了第二天，他却将这事忘了个干净，也就不会向人讨要那一分钱的水钱了。也有顽皮的孩子逗他，在他刚挑来的清水里吐上一口唾沫，然后说：“董憨巴，你的水脏了，不能吃，得倒掉。”“真的？得倒掉？”他就会问。孩子们就又说：“真的，得倒掉。”他就又问：“真的？得倒掉？”孩子们就一齐说：“真的，得倒掉。”这时候，董憨巴才舍不得地倒掉桶中的清水，又向长江边走去。就有大人从屋子里冲出来，向逗他的孩子训斥：“你们这些小砍头的，怎么又在欺侮人家董憨巴，看我不打你才怪。”听了这话，董憨巴就会又折回身来，跑过来用自己的身体挡住正在发怒的大人：“伯伯，伯伯，打不得的，打不得的。”他称呼所有的成年人为“伯伯”。没有谁知道，董憨巴挑断了多少根扁担。

小镇人家，几乎每家都吃过董憨巴挑来的长江水。

后来我上了大学，参加了工作，回到小镇的时候，仍然见到董憨巴。这时他已经五十多岁了，不能挑水了；镇上也有了自来水。他娘替他买了铁锹，让他背着走街串巷地去卖。他手中也拿着一把铁锹，一边走，一边收拾着地上的垃圾。

他的背，已经开始弯曲，像只老虾一样了。但他的身上很是干净；走过他家门口时，我看到五十多岁的他，仍坐在一个小木凳上，他八十多岁的娘在替他梳理着头发。他见了我们，呵呵地笑着，满脸的慈祥。

他的母亲，九十三岁去世。他趴在母亲的棺木上，不让下葬。几天后，镇福利院收留了他。又过了二十多天，七十多岁的董憨巴也闭上了双眼，随他娘一起去了。他身上的衣裳有些旧，但是穿戴得整整齐齐。

他的葬礼很热闹，很多熟识或不熟识的人都去为他送葬。

好多年过去了，镇上的人们将自己的很多老朋友都忘却了，但过些时日，总会唠上一句：董憨巴，董憨巴……

我什么都有

老李头在自家棉花田里锄草，遇到了件稀奇事儿。

老李头的棉花田在路边。棉花田里的草多，像老李头下巴上的胡须，长了剃，剃了又长，没两天，又窜出了头。趁着刚过中午，日头毒，草一锄倒，就蔫了头。老李头吃过早饭，也不急着回家，正撅着屁股带劲地一小步一小步地挪动，那青绿的草儿也一小片一小片地倒下。

老李头看着油绿的棉花苗，那叶儿随风摆动，他似乎闻到了白花花的棉花气味。

“大爷，您好!”一个男子的声音飘近了他。

老李头抬起了头，见是一个四十上下的男子。但老李头不认识他，听了“您好”，就回个字“好”。

男子似乎有什么事一样，对着老李头又说：“大爷，这么热的天，您怎么不回家休息一会。一会再来，也舒服一点啊。”老李头一听这话，就知道这男子不是个种田的。

“不累，不累。”老李头多说了几个字。老李头打量了男子一下，男子穿着一件新衬衣，皮鞋上光滑黑亮，像一面黑黑的镜子。路上，停着一辆黑黑的“乌龟壳”。

男子又开口了：“大爷，你这几亩田一年下来能赚多少钱啊?”老李头在心里算了算，除去种子、肥料、农药钱，这两亩田应该还有一千多的收入。

“一千八。”老李头说。老李头知道这个数字应该是高了一点。

“大爷，您的鞋子破洞了，得换。你的衣服也太旧了，得买新的。”男子望着老李头说。

"不用，不用。"老李头打开了话匣子，"我下田做事儿，穿这破洞的鞋子还受用一点，衣服穿了新的，怎么做农活啊?"老李头说这话的时候，他才发觉男子离开了。他到了"乌龟壳"旁边，打开了车盖，提了一包东西又向老李头走来。

男子将一包东西放在了老李头面前，气喘吁吁的。老李头知道有钱的和有权的人，太缺少锻炼了，稍微一运动就会出汗，像头牛一样地喘气。

男子说："大爷，这是我替您买的，一套衣服一双皮鞋，送给您。"

老李头一惊，心想该不会遇上骗子吧，这天下怎么就会掉下馅饼呢?男子好像知道老李头的心思，说："大爷，您不会怀疑我是骗子吧。我不收钱的，我送给您我就走的。"

"哦，我知道了，你是领导。"老李头说，"我在电视上见过，好多领导送给老百姓东西都是这样的。"

"不，我不是领导。"男子说，"我要是领导，我的前前后后不会有拿话筒的记者跟随吗?"

老李头一想，也是，怎么没看见那些常年跟着领导的记者呢。

"可是，我家中有衣服有鞋子呢。"老李头说。老李头一迟疑，男子从钱包里抽出了五张钱，双手递到了老李头的面前："大爷，这也是送给您的。"

老李头更加不敢相信自己的眼睛了，声音大了许多："这钱我更不能要，我家里有钱，我什么都有。"

男子满脸的真诚："大爷，这真是我送给您的。"

"那你为什么要送给我啊?"老李头就说，"古人说，无功不受禄，你的这些衣物，这钱，我不能收。"

"大爷，您收下吧，请您收下吧。"男子几乎是哀求着说。老李头正不知所措。男子又不见了，他已经箭一样地冲到了路边的"乌龟壳"里，"乌龟壳"冒着烟射向了远处。

老李头呆了一样，他这真是遇上了天上掉馅饼的事儿。老张头正在田头张望，大声说："老李啊，你听见那小子说什么吗? 人家说，做了老总有什么好，有钱有什么好，我什么都有，可我爹没有了，你长得太像我爹了，我想要个爹啊……”

老李头听了，丢下手中的活计，提着衣物和鞋子跑回了家，对着家中老伴直嚷：“快打电话，让我们家的小子回来看看我们老两口，我们想他了，不知这小子想不想我们……”

诗人雪川

诗人的名字叫雪川。

雪川本不是他的名字，他的名字叫郭三立，他爹上街买了两斤肉请村里的老先生翻了几天的线装书给取的名儿。他上高中的时候，心血来潮写了几句诗：

涂满彩色的梦想
在雨的季节里生根发芽
杨柳岸边的晓风残月
在雨的季节里灿烂如花
那父母眼角黝黑的微笑啊
在雨的季节里成了我们
奔腾不息的骏马……

小诗的末尾署名就是“雪川”。当晚，他的这首小诗在班上被传抄了个遍。他觉得写诗的感觉多美好，他觉得这叫“雪川”的感觉多美妙。第二天的作业本上，他端端正正地在封面姓名栏写上了“郭雪川”三个字。他想起那著名诗人郭小川，这下，这郭雪川的名字也算是个诗人的名字了吧。

雪川成了诗人。

他写情诗。要好的哥们儿楚林看上了邻班的班花云霞，就说：“大诗人，帮帮忙吧。”一会儿，一首情诗出来了。楚林忙着抄上一遍，送给云霞。过了几天，楚林又找上门来了：“哥们儿，再来一首吧，你的诗可真管用，还不说，这云霞对我好多了，和我的话儿也多了起来。”雪川不出声儿，十多分钟，像写作业一样，又一首诗出来了。楚林又抄上一遍，跑着去送给云霞。

雪川清楚地记得那是帮楚林写第十首诗的时候，那个叫做云霞的女孩子找到雪川，递给他一张小纸条：放学后小树林见。雪川激动不已，想想，那个年代一个女孩子给了男孩子一张约会的请帖，那是多么难得的事儿啊。下午的课雪川压根儿没心思上了，他等着和班花云霞见面的时刻。

月上柳梢，人约黄昏。云霞见面的第一句话就说："谢谢你，大诗人雪川，你写给了我这么多的诗。"

"什么？我写诗给你？"雪川惊讶。

云霞的话就多了起来："不是你写的吗？你看看，楚林送给我的诗，从第六首《每天想你》开始，每首诗题下都署上了'雪川'的名呢，我猜想啊，这诗啊，从第一首开始就是你写的。只是从第六首《每天想你》开始，楚林转抄你的诗时，将你的名字也连着一块儿抄了过来。"

"其实，我早就认识你了。"云霞又说。

"其实，我也早就认识你了。"雪川说。

很自然地，云霞暗暗地和雪川约会了。水到渠成地，雪川和云霞成了一对真正的恋人。那个楚林呢，气急败坏，骂自己引狼入室，恨自己做了一个优秀的媒人。他哪里知道，雪川在写第六首诗时，已悄悄地写上了自己的名字。可是，谁让这个楚林粗心大意，将人家的名字也抄了过去呢。

高中毕业晚会的时候，雪川第一个登上舞台朗诵自己的诗：

你望了我一眼，
我等了你一年……

观众席上的云霞早已泪流满面。

高考后，诗人雪川以全镇第一名的成绩考入了省城的师范大学。云霞呢，以三分之差落榜，成了县纺织厂的一名工人。就有同学替云霞担心，说人家是大学生了，你们俩的事儿怕是黄了哩。云霞不急，因为她每周三都会收到一首诗，一首从省城寄来的诗。那诗，当然是诗人雪川写来的。

师大毕业，诗人雪川的不少同学留在了省城大学任教。但诗人雪川一声不吭地回到了老家，在母校做了一名教师。第二年，诗人雪川和云霞结婚。婚礼上，雪川送给了云霞一个小集子，那全是雪川写给云霞的诗集。

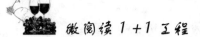

结婚后的诗人雪川不写诗。他忙着自己的教学忙着自己的学生。不久家中有了女儿，诗人雪川也不写诗。云霞有时候就问他："怎么不写诗了啊?"

"我的诗？早就送给你了啊。"雪川说，一本正经地。

诗人雪川每天骑着一辆老旧的自行车，接送女儿上学放学，时不时逗着女儿乐，成天笑嘻嘻的。

去年，我在一个杂志做文学编辑的时候，想看看雪川的诗，就向他约稿。他点燃了一支烟，连连摆手："写诗？我每天都在写诗啊。我每天的生活，本来就是一首又一首的诗哩。"当晚，他请我到一个小酒馆，尽情地喝酒，喝了个痛快。

诗人雪川快五十岁了，是个语文老师。

不可以

青年歌手晨在这座小城已是小有名气。

帅气的外表，磁性的歌喉，尽情的演唱，成为他青春的名片。

他先是在名典酒吧唱歌，有着自己的哥们乐队。然后，在三年后，就录制了自己的唱片。唱片在这座小城的销路一路狂飙。

他想着要将自己的歌挺进中原，飞向大江南北。

他每天都在编织着自己的音乐梦想。

很偶然地，在一次客串的演出活动中，晨很随意地唱完了一支歌后，有人找到了他：“张导，你知道不？”

晨点了点头。张导是音乐界巨头，做歌手的，没有不想认识张导的。

“我是张导的助手磊，张导想帮你录歌，录 MV。”来人清晰地告诉他。他不敢相信，有些惶惑地回了句：“行，行。”

晨当然知道，张导为他录歌意味着什么。张导已经成功地捧出了多位著名歌手。

歌曲名在三天后就确定下来了，是晨自己作词作曲的《不可以》。歌手自己演唱自己创作的歌曲，进入角色快，录制效果也好。晨当然熟悉自己创作的《不可以》这首歌了。这是一首纯朴的爱情之歌，恋爱了八年的男孩和女孩就要分手了，在分手之时，男孩对着女孩唱起了这首歌。也就是这首歌，在去年的一个夜晚，晨第一次清唱，唱给了一个刚刚远走他乡的女孩梅。

就要进录音棚了。晨一次性地灌进了五瓶啤酒，他对张导的助手磊说：“谢谢你们，我终于要唱自己的《不可以》了。”张导的团队很忙，这次录制晨的《不可以》只安排了这个晚上的时间。

音乐响起，晨随着节奏走进音乐的小河。他像一条鱼样，自由游弋在这条小河。他唱：“……你和他的明天会很美，我就不抱着圆月哭泣。沧海桑田，一切已经物是人非……”吉他声嘶哑起来，似乎撕裂着一个人的心。这是歌曲的高潮处。

他唱：“……不可以！”

“停！”磊大叫。

晨的脸上淌出了泪水。

“可以动情，但不能流泪。”磊又大声叫道。

重来。他唱：“……沧海桑田，一切已经物是人非……”磊又叫：“停！！！”晨的脸上依然流满泪水。

再来第三次。“这是最后一次了。”磊小声地提醒晨说。音乐，像条灵动的蛇，钻进歌手晨的耳朵，钻进歌手晨的心灵。

“……沧海桑田，一切已经物是人非……不可以……”这一次，他更是泪流满面。

“晨啊，你难道不能不流泪吗？”磊无奈地对晨摆了摆手，示意已经结束了。

还是凌晨三时，晨孤独地站在了高楼楼顶，点亮手中的烟，一支又一支。夜里的星星仍旧眨着眼，如他手中的烟般，一闪一闪地。小城的夜，仍然喧闹如昼。

“不流泪，不可以！”

晨用手指头掐灭了烟头，疯了一般狂叫。那声音，像极了嘶哑的电吉他声，又像来自一匹在荒原中独行的狼。

一块玻璃值多少钱

早晨，四（2）班班主任孔老师一进教室，就被同学们叽叽喳喳地围着报告：“教室后面朝外的一块窗户玻璃碎了。”

“好的，我知道了。”孔老师说。孩子们便散到了座位上开始读书，像什么也没有发生一样。紧靠破窗户坐的是王小明同学，他嘟着嘴巴。

“王小明，不要紧的，快夏天了，窗户没玻璃还凉快点儿呀。”孔老师安慰王小明。

可是，在上午上最后一节课的时候，王小明却撅起了嘴巴。原来，有苍蝇从破窗户里飞了进来，歇在王小明的书本上，时而飞来飞去和他逗趣儿呢。窗外不远处，是学校的一个垃圾堆。好不容易挨到下午放学，撅着嘴的王小明回家把这事告诉了妈妈。妈妈立刻安排爸爸的工作：“你拿条烟去一去孔老师家，让他明儿把小明的座位换一换。”

第二天第一节课，王小明和李飞换了座位。和苍蝇做一天朋友的李飞下午回家把这事又说给了爸爸听，在市财政局做局长的爸爸把电话打给了学校的张校长，张校长给孔老师下命令：“把李飞的座位换一换。”

这样，第三天时，李娟坐到了破窗户旁，李娟哭哭啼啼地跑回家，心疼孙女的爷爷立刻提着两瓶酒到孔老师家拜访。

第四天，张平的妈妈买了水果去了趟孔老师家。

第五天，王丽的爸爸挟着“脑白金”上门拜访孔老师。

……

等到下周的时候，全班54名学生竟然有33名家长用不同方式找了孔老师，希望家里的孩子不要坐在那扇破窗户旁。

可是，吴一坐在那地方的时候，窗户却安上了一块亮透透的玻璃。

“是谁安上去的?”孔老师问。

“是我。花一元二角划了块玻璃安上的。”吴一轻轻地说。

下午学校放学后，孔老师留下四（2）班学生召开“一块玻璃值多少钱”的主题班会。同学们不知孔老师葫芦里卖的是啥药，等到孔老师打开两个大盒子时才恍然大悟。两个大盒子里装着满满的礼品，有烟有酒有水果，每件礼品上写着一个学生的名字。

“同学们，一块玻璃价值不小哩，这些就是它的价值。”孔老师指着两个大盒子说，“换成钱的话值3000元左右吧，还要加上几个当官的家长使用权力的价值。可是它实际的价值是多少？请吴一同学说说。”

“一元二角。”一个响亮的声音。

“一元二角只是表面的。我们要知道，一个人的成长过程中不可能不会遇到破了玻璃的窗户的时候，这时，不要只是靠爸妈，靠金钱和权力来解决。更重要的是靠自己，靠自己，有时真的很简单。”孔老师又说。

孔老师按名字将礼品还给了学生，同学们提着礼品准备回家后和爸爸妈妈说说这一块玻璃值多少钱哩。

光头美丽

美国西雅图东部一所学校的八年级教室里，物理教师第尔今天一上课没有讲授电磁感应现象，却滔滔不绝地讲起了光头：“孩子们，你们留心过吗？光头其实是多么的美丽啊。凉爽宜人，看起来也干净。可以免去每天梳洗的麻烦，可以消除心中的烦恼。如果上点头油，要多亮有多亮。如果再戴上顶帽子，多酷呀……”

“那我们去剃成光头吧。”坐在最后边的男生史蒂文叫道。他一个人坐在最后一排，旁边的桌子空空的，他的同桌女生凯特已经有十多天没有来学校上课了。

“史蒂文的主意不错。孩子们，今天放学时咱们开始行动吧。”第尔老师笑着说道。

第二天，剃了光头的第尔老师一走进教室，就受到了孩子们的掌声欢迎。第尔一看，已经剃了光头的孩子除了史帝文，还有五个男生和两个女生。其他的孩子们围着光头们，仔仔细细地看了又看，心中羡慕不已。

第三天，第尔老师走进教室时，感觉教室里特别亮堂——34 个孩子都已经剃成了光头。

“要是凯特来学校上课，也剃成光头，该多好啊。”最爱学习的小个子女生露茜小声地说。“是的呀，凯特已经 19 天没来上课了呢。”马上有孩子也附和着说。

第四天刚上第一节课，第尔老师在黑板上刚写下“光头美丽”几个字，教室门口传来了一个清脆的声音：“先生，我能进来吗？”

是凯特。

也是一个闪亮的光头！

“哇！”孩子们叫了起来，大喊着凯特的名字。凯特向同学挥手致谢，走上座位时，眼睛里早已满含泪水。

“孩子们，这一堂课的主题就叫‘光头美丽’。记住，在这所学校有一个美丽的八年级，有35个美丽的孩子，还有一个美丽的第尔老师……下面请这次活动的组织者史蒂文同学讲话。”第尔充满激情地说。

史蒂文缓缓地站了起来，说：“我们亲爱的同学凯特，20多天前被确诊为血癌，她就请假去治病，但是这种病得化疗，化疗就必须剃成光头。我们可以想一下，凯特治病要承受多大的痛苦啊，可是，她挺住了。她剃成了光头，就她一个光头，走进学校走进教室时又要承受多大的心理压力呀？于是，在第尔老师的建议下，我，还有罗斯、约翰逊、杰克等6个同学就想到了我们每个人能不能都递成光头呢……”

不等史蒂文说完，教室里已经响起了整齐的叫喊声：“光头美丽，光头美丽。”

黄老师

黄老师是我的老师。

那是县一中开学的第一天，我们急匆匆地往教室赶。偏偏，狭窄的小道上，有个老头挡住了我们的去路。老头凌乱的头发，黑厚的额头下戴着副厚厚的眼镜，一手托着个酱油瓶，一手捏着几张零钱，想是刚才上商店买了酱油的。厚厚的眼镜片，厚厚的酱油瓶底，我们扑哧笑出了声。老头忙不迭地让开了路。几分钟后上课铃响，是语文课。进来个老头，居然就是刚才路上遇到的那老头。头发还是那样的零乱如鸡窝一般，居然，穿着双皮鞋却没有穿袜子。

这就是我们的黄老师，黄光熙老师。

没有严肃的上课仪式，黄老师开始讲课。讲的是朱自清先生的《绿》。黄老师眉飞色舞，口若悬河，泡沫星子时不时地溅在前排同学的课本上。说朱先生笔下的“绿”呀，是任何人都描摹不了的，如果想描摹，一定是青蛙掉在了醋坛子，酸死了。我们哈哈大笑。

再来上课，他仍然是凌乱的鸡窝式头发，仍然穿皮鞋不穿袜子，但我们喜欢听他的课。我鬼使神差般的还成了语文科代表。一次送作业进他家时（那时教师在家里办公），他正蹲坐在小板凳上埋头洗衣服。好大的一盆子衣服，应该是一家人的吧。送了几次作业，我从没见过他的孩子们，更不用说见到他的爱人了。倒在他的书桌上看到了他写的文章，字是端端正正的蝇头小楷，文是清清爽爽的哲理之文。我真怀疑是出自他之手。就在一张随意扔丢的《羊城晚报》上，我翻看到了一篇署名“黄光熙”的3000多字的散文《经年》。

临近期末，我又去送作业，他递给我一本书：“明天我就不能给你们上课了，送本书给你做个纪念。”书名叫《江城旧事》，书名下边赫然印着“黄光熙”三个字。

第二年的春天，我们走进校园，再次看到的黄老师，居然推着个小烟摊在校园里穿梭。于是，每天的早上六七点、晚上八九点，伴着一阵阵的车轱辘声，我们就知道是黄老师的小烟摊出摊、收摊了。

他为什么不教我们了呢？我们疑惑。

毕业后的一个中午，我路过县汽车站，见一家小商铺挂着“黄老师烟摊”的招牌。会是我们的黄老师吗？我想。探过头去，果然是他，正埋头清理着一盒盒香烟。他的头发，已经分成三七开发型，衬衫比以前洁净多了。

我没有打扰他。同行的朋友说，这黄老师呀，香烟生意赚票子哩，他讲诚信，从不卖假烟，买烟的人很多都愿和他做生意的。

又过了五六年光景，我到县城有点事，在汽车站门前，却没有看到“黄老师烟摊”了。问了问隔壁门面的女人，说：“他的儿子不争气，弄了好几箱假烟来卖，他认为坏了他的招牌，早不卖烟了。再说，这老头也忙着结婚哩，前前后后结了八九次婚了，上个月又请了婚酒，我还送了人情的……”

前年九月，我调到县城一中工作，在一条小巷，看到一家“黄老师足道馆”的招牌。我心里一惊，莫不是我们的黄老师？我不由自主地走了进去，在一本《中国足疗》杂志后面露出了一张脸，正是黄老师，在津津有味地看着《中国足疗》杂志。

“来了。”他说，他居然还记得我。

“看看，我在《中国足疗》上发表的足疗研究文章。”他又说，“今日我来为你做次足疗……”

“不了，我还得上班哩。”我说。

“在哪？”

“县一中。”

“做老师，做老师好哇……”黄老师说。我分明看到他厚厚的镜片里有团雾气似的。

董平柏老师

董平柏只是我的阅卷老师。上个世纪八十年代末，我在县一中读书那会儿，董平柏就在县一中做老师。但他没有给我上过课，只是在每次的月考试卷上交后，老师们集体流水阅卷时，他应该是阅过我的试卷的。

我们学生都认识董平柏，他像只有一套西装似的，见到他的时候，他总是西装革履的。西装是深黑色的，大红的领带，很是耀眼。只是衬衫不是那么洁白，灰不溜秋的，像狗肝颜色。这让我们都记住了他。

我确实没见过他上讲台。我是语文科代表，常常进老师办公室送作业。我进办公室的当儿，好多老师都进教室上课去了，就只剩下了董平柏一个人伏在一个靠墙的桌上写着什么。我打报告进去的时候，他头也不抬地说一声“进来”。我问过班上的好多同学，董平柏老师为什么不上讲台讲课呢？知道根底的天平说，知道不，董平柏只是县水利学校毕业的，中专学历，能在这省级示范高中做老师么？我们就都说，那肯定是不行的，得有大学本科学历才行。

我高中毕业后进了大学，一年暑假我回到高中母校看望老师时，就看见校门前的名师榜上，有一张董平柏的大照片。想不到，董平柏成了名师了。那照片，还是黑西服、红领带、灰衬衫，衬衫明显干净得多了，那样子似乎更潇洒了。我正疑惑着，在学校旁的单身教师宿舍前见到了董平柏那熟悉的身影。他三口之家挤在那间单身宿舍里，房门没有关。正是中午，他的爱人和三四岁的女儿在床上睡午觉睡着了。房间里没有蚊帐，他就坐在床边，拿着一把芭蕉扇，替那母女俩扇着风，驱着蚊子。他空出的左手上，拿着一本线装书；就着昏暗的光线，他正在津津有味地看着书。隔壁的宿舍里，正在播放世界杯足球赛，不时地传来阵阵呐喊声。

大学毕业后，我回到了母校任教，和董平柏成了同事。我报到的当天，和他亲热地打招呼，不想他却不大理会。他正忙得满头是汗，拆卸了几台收录机，也不知他在鼓捣着什么玩意儿。第二天，他拉过我："欢迎你来啊，送你件礼物，是一台电视机哩。"我一看，就是他昨天鼓捣的玩意儿。一插上电，玩意儿里跳出了人影。这个董平柏老师，居然自个儿做了一台电视机。

然后我就知道了他恋爱的过程。他的老婆娟子，是他从情敌刘小天手中抢过来的。之前，他，娟子，还有情敌刘小天，都是同学关系。娟子先是跟了刘小天，两人到了谈婚论嫁的地步，居然被他给挖了墙脚。挖墙脚的行动只一次就成功了。当时我们在大学都还不知道怎么过情人节时，他用一个月的工资过了回情人节，全买了红色的玫瑰送给娟子。那晚他在娟子的门前等了一宿，送出了玫瑰，换来了老婆。

他家的洗衣机坏了，会做电视机的他居然不会修，请来了学校物理组的吴老师帮忙。吴老师一上完课就来了，饿着肚子，拆卸、安装，忙了两个多小时，替他家修好了洗衣机。他呢，坐在一旁的小凳上，手中拿着一本《中医理论基础》，正钻研哩。吴老师说修好洗衣机了，他说"好，好"，又说："你知道不？我家是中医世家，我能给你瞧病呢。"吴老师说要走，他拦住了："别，别，你替我修好了洗衣机，我得给你特别待遇。"吴老师心想，这下肯定会邀几个同事去餐馆撮一顿，就在一旁等。董平柏不慌，搬了把椅子，让吴老师坐下。他又慢慢地用温水洗了手，搬过一个长盒子，从长盒子里小心翼翼地拿出了一把京胡。他坐下，悠悠地拉起了京胡名曲《夜深沉》。曲声婉转，时而飞扬，时而低沉。吴老师坐也不是，站也不是。董平柏沉浸在他的京胡声中，陶醉了……

我在县一中上班的第二学年，就不见了董平柏。一问，才知道他已经调到省城最好的一所高中去了。那年十一月，学校派我到省城学习心理学，是一个硕士研究生班课程，我不情不愿地去了。不想，就在培训班的第一排，我看见了董平柏。他见了我，很是热情，说："做老师的，学学心理学肯定是有好处的。这次学习我是自费来的，你知道我为什么学习心理学吗？我也学中医，常常觉得，人的好多疾病，不是用药来治好的，心病啊，就得用知心话来医才好啊。”说完，他哈哈大笑，快五十岁的人了，像个孩童一般。

今年县一中要举行百年校庆，我联系上了他，请他回来参加校庆。电话接通了，他手机里传来嘈杂的声音：“校庆啊，我一定来。我现在正在北京挤公汽呢，呵呵，我正读博士哩……”

今年校庆时一定能见着他的。

又想起来了，董平柏是教英语的。

标　签

那一年刚开学，高二（3）班的班主任吴老师就请了两个月的事假，让林老师来临时代班。

林老师很高兴，做老师最高兴的是做班主任了，可以和自己的学生交流，真正体会到教育的幸福。做了十多年的老师了，他才做过两年的班主任工作。像个孩子一样，他满是喜悦地走进教室。和往常一样，他和学生们一起商量着怎样管理好这个新班级。林老师知道，在充分了解学生之后才更有利于对学生的管理。

一个月下来，还算是得心应手，学生们喜欢他，家长们欢迎他，都说他是个好老师。他更高兴了，自己的努力总算没有白费。学校的流动红旗在他的高二（3）班里飘扬。就在得到流动红旗的那天，曾经带过这班的肖老师将他拉到了一边，小声地说：“林老师，你还是得注意点啊，你班上的文卉同学，她心理上有点小问题，得担心着，她高一时的班主任周老师硬是管不住她，有好几次，她差点出了问题了……”林老师听到这话一惊，他这是第一次听说这话。

第二天，林老师问了问班长。班长说：“是啊，文卉同学心理上应该有点问题，要不然，她为什么每周都要去见一次心理医生呢？”

他吸了一口凉气，心想，要是没有肖老师的提醒，怕是真要出事。

当天放学的时候，他将文卉同学留了下来。他细细地看了看她，是个白净腼腆的眼镜女生。他说：“文卉同学，你知道我找你有什么事吗？”面前的女生低了下头，小声地回答：“我知道，我的心理上有问题，您肯定是要找我谈这个问题。”

“你知道你心理上有问题就好，”他说，“以后，我会时不时地找你说说心理方面的问题。”然后，林老师为文卉同学讲了很多心理学方面的知识。文卉有时点点头，有时又不知在想些什么。

再次找到文卉同学来谈话时，林老师带来了不少的心理学方面的书。他说：“你把这几本书看看吧，应该对你是有好处的。”文卉不知所措地点着头。

林老师很高兴，他想，用不了几次，文卉同学心理上的问题肯定会消失得无影无踪。他还看见，文卉同学很认真地看着他带给她的书，还做了不少的笔记。可是，就在第二天，在他上课时，文卉同学猛然地站起来，用力地将自己的课桌敲个不停。他知道这是她的心理问题真犯了，忙着将她送回了家。晚上，下了自习，他还想着文卉同学，不知她现在状态好了些没有。林老师骑着自行车来到了文卉同学的家，他想他应该去说些安慰的话。文卉的爸妈也感激不已，连声说着“谢谢林老师”。

回到自己家中时，已经是深夜了。他就不明白，他这样留心文卉同学，尽可能地对她进行心理辅导，可是为什么没有效果呢？他计划着下一步是不是应该请个心理专家，和心理专家共同商讨一下这事才好。

正在他一筹莫展时，请假归来的吴老师上班了，林老师也回到了自己的班级，去忙自己新的教学任务。

两个月后，林老师想起了高二（3）班的文卉同学，就想找吴老师问问。吴老师是化学教师，林老师在化学实验室里找到了他，他手中正摆弄着几种化学试剂。林老师就问：“您班上的文卉同学近来怎么样啊，还在上学没有？她可是心理上有问题的，我替您代班那阵子我可真没有办法。”吴老师皱了下眉头，说：“你说的是文卉同学？”

他点了点头，说：“是啊，您常找她谈心理问题吧，效果怎么样？”吴老师倒惊讶了：“文卉？很好啊，她根本没有心理问题的，不信，你去看看，活泼得很，这次考试，还得了个全班第三的好成绩。我也从来没有找她谈过心理方面的问题。”

林老师就更迷惑了：“怎么会这样呢？不可能吧。不少同学说过，肖老师也说过，她明明是有心理问题的一个学生啊。”

吴老师笑了笑，他拿过一个贴有“酒精”标签的玻璃瓶，问他：“你说这是一瓶什么东西?”

“酒精啊，这上面写得清清楚楚。”林老师回答。

“可是，这分明是一瓶纯净水。也不知道是谁粗心大意给它贴上了酒精的标签……”吴老师意味深长地笑着说。

老　侯

老侯不老，刚刚四十出头。

许是秃头的原因，乍看上去，老侯五十挂零了。粗短的身材，一年四季裹着深黑的衣服，当然，在秋冬时节偶尔会系上一根鲜红的领带。宽宽的额头下闪着一对灵动的黑眼珠，这是陌生人见老侯时觉得最生动的部位，眼珠上写着老侯的不俗。脸上总是漾着浅浅的笑，笑得深了，就有小小的酒窝，如婴孩般可爱。一支烟，总是被老侯魔法般吸在身上，不是挂在厚厚的双唇上，就是拈在粗粗的右手食指与中指之间。

“老侯的笑声里总是冒着呛人的烟味儿哩。”好多认识老侯的人都说。老侯是学校语文组的老师，我的同事。

认识老侯的人都叫他“侯哥”，许是和孙大圣“猴哥”谐音吧。于是，理所当然地，学校里男女老少，异口同声地称他“猴哥”。猴哥，当年西天取经小组的大师兄哩。大师兄也确实不是浪得虚名。十多年前，在省城的一次骨干教师培训会上，我遇到老侯，我以为他和我一样是去参加培训的，谁想他竟一屁股坐到了主席台上，口若悬河般讲起了语文教学。培训会上的资料，就是老侯发表在国家级重点期刊上的论文。

可是，想不到，几年之后他和我都先后调进了县一中。更想不到的是，这个老侯，居然喜欢打架。那是我和老侯在县一中的第一次见面。办公室里，老师们为试卷上的一道选择题争论不休。争来争去，老侯和一个年轻老师“亲密”地动起了拳头，两人一起滚到了地上。好在上课铃声及时地响起，老侯爬了起来，拍拍身上的灰土，拿起课本，一溜烟地跑进了教室。第二天，老侯拉着那年轻老师叫道：“哎，打乒乓球去吧，咱俩一决雌雄。”身后留下一串散发着烟味的笑声。

老侯嗜烟，但又舍不得抽好烟。偶尔有了一包价格贵一点的烟，他就会拿到小卖店去换三四包便宜烟。“这节约了不少哩。”老侯呵呵笑着说，“要是没有这烟啊，我的那些文字怎么能整出来？”学校教职工大会，老侯的身边照样是烟雾缭绕，领导在主席台发言才开始，他怪愣愣地递出张纸条：

一梦红楼幻且真，炎凉写尽著奇文。珠玑字字见真意，一节一读一怆然。

想不到这是老侯写诗的好时机哩。平时课上完了，老侯也会点燃支烟，写上首诗。写完了，传给同事们看。自个儿将脱了鞋的脚放在办公桌上，洋洋得意地抖起来。仔细再看，抖动的双脚上的袜子，分明有几个破窟窿。

“校长来了。”有人喊道。

老侯慌忙拿下了双脚，塞进那双似乎几个月没有擦过的皮鞋里。一看，校长没来，得知是有人故意开玩笑，老侯便扯开了嗓子：“上个月校长和我一同去省城，说有机会提拔我，我说你比我大一岁，我要你提拔个屁……”大家正想着听下去，却没有了声音。一会，有浑厚的男中音响了起来：“长亭外，古道边，芳草碧连天……”老侯唱起了歌，于是有人开始收钱：“老侯卖唱了，老侯卖唱了。”大伙笑嘻嘻地递过几张毛票，放学时就有了路边小店的一顿饱餐。

老侯读过不少的书，现在也读。高深莫测的《庄子》，他居然能背诵十多个篇章。他住在学校校园的时候，常常听见有人大声地诵读文言文，只闻其声不见其人，那人就一定是老侯。好读书的老侯也写书，居然编了本《中学汉语教程》，让高考学子好生钦佩。我一见到这本书，就想，这真出自于那个好打架的老侯之手么？

去年下雪天，有人拿气枪在校园打鸟，老侯冲了过去，大叫：“不准打鸟！”那人回道：“老子打鸟关你屁事？小心老子打人。”老侯挺了挺不高的身躯，拍了拍胸脯：“来吧，朝我这儿打。”打鸟人看这架势，慌忙退出了校园。下午语文组老师聚餐，正好有人点了卤鸟这道菜。才端上桌，老侯徒手抓过一只鸟就往嘴边送，我按住了他的手：“上午不是劝人莫打鸟么？”老侯轻声说：“哎哟，君子远庖厨嘛，主张不打鸟是对的，但有人打了，吃还是要吃的呀……”一会老师相互敬酒，老侯只是舔一舔。突然一女老师站起来敬酒：“侯哥，为你上午的勇气，敬你酒，你慢点喝哟。”谁知老侯端起酒杯，一仰脖子，喝了个底朝天，脸上喝得一片绯红。

去年年底，老侯买了新房子，搬出了校园。住新房是要请客的，但老侯一直不请，说：“我买了房子没钱买家具，请什么客啊？”谁想，昨天他身上背了个背包来上课，背包里背着台手提电脑，一万多元哩。

这个老侯！

和　喜

和喜不姓和，姓张。当周围的人喜欢一个人到了一定程度的时候，就会简化他的姓名，三个字变成两个字，甚至一个字。和喜就是大家都喜欢的人。

但和喜不是一个公众人物，不像赵本山一样，全国人民都知道。他是我的同事，一个语文教师。同事见了他，叫他“和喜”；领导见了他，叫他“和喜”。年龄比他小近二十岁的人也叫他“和喜”，他一点也不恼。时间长了，学生也不叫他张老师，好多学生到了毕业时，还一个劲地叫他“和老师”。他呢，总是笑嘻嘻地回答。

笑，成了和喜的名片。笑声还没有传开来，他的神情早就是笑的样子了。不大的双眼用力地张开，脸上的几缕皱纹也没了踪影。我就疑惑，怎么人家笑的时候，皱纹是越陷越深，他却是将皱纹消化吸收了。他下巴上有一撮毛，我说：“这胡须不是胡须，头发不像头发的东西，将它铲除算了。”他的笑容就没有了：“莫谈这事，这撮毛就是我和喜的标志。再说，身体须发，取诸父母，能随意去掉么?”

我和他共事几年了，从来没有看到和喜的衣服穿得有棱有角。刚毕业那会，他还穿着大学校园里的校服。周末放假了，衣物要带回家里去，他不知在哪捡到的一个蛇皮袋，将杂七杂八的物品一股脑儿往里装。然后，背着袋子，和学生一道挤车回家。有一次走在大街上，被城管发现了，以为是个捡垃圾兼乱拿东西的惯犯，被人撵了好几里路。到了要谈女朋友的年龄了，和喜先后买过几次新衣服。人家介绍一个女朋友，他就买一次衣服。后来衣服买了一大堆，女朋友没谈成一个。有人问起原因，和喜只说是介绍人工作没做好。有个介绍人就生气了：“约会都是我替你联系好的，难道还要我将她哄到床头了再来叫你？那我也用不着叫你了……”和喜听了也不驳斥，只是欣赏着他的一件又一件的衣服。他穿衣，常是一周换一套，但是换下的那套也是不洗的。等到了下一周，就轮着穿先前换下的那套。到了两三个月后，几乎每件衣服的胸口和袖口，都是油光闪亮的，可当作镜子，照出人的影子。后来，终于有人介绍个女朋友，女朋友先不和和喜说什么，倒替他洗起脏衣物来。和喜一看，来戏了，这就成了他现在的妻子。

有了妻子，就有了儿子。儿子的出生并不顺畅。出生就得办准生证，但和喜说：“我一生只生一个娃，还办什么证件?”便没有去办，学校工会找到他，非得让他的妻子去引产，他这下急了，连忙让妻子到乡下老家躲藏了一阵子，儿子终于是生出来了。和喜觉得不顺心，干脆来个纪念，给儿子取名：卡卡。说儿子出生被卡住了。有人就又和和喜打趣：“被卡住了，是不是你用力小了啊?”

和喜最好的朋友是学校刘校长，这话一点不假。刘校长当年不是校长，和他先后分配到这所学校工作，常常在一个办公室办公。和喜喜欢下围棋，一次上班路上，他看见有人下围棋，不由停住了脚步。既帮着黑方下，也帮着白方下。不想这样度过了一下午。和喜下午的两节课，自然也就成了学生的自习课了。刘校长也喜欢下围棋。志趣相投的两人下围棋，一下就是一整夜。后来，刘校长成了校长，提拔了不少的干部，但就是没有提拔和喜。和喜一点也不生气，刘校长叫他来下围棋，他照样下个不停。刘校长想要悔棋，被和喜双手按住：“坚决不行!”等到上课铃声响起，和喜也不动身，刘校长就急了：“还不上课去?”和喜就说：“一盘棋，不下完怎么能行?”刘校长心不在焉，三下两下，惨败收场，和喜哈哈大笑。下午打篮球，上场防守刘校长的任务当属和喜。关键时刻，和喜双手将刘校长的腰团团围住，刘校长动弹不得，全场一片哗然。

和喜的脸上常年挂着笑。但常年挂着笑的和喜居然发了一次脾气。和喜参加工作快十年了，但总是带高一或者高二年级，从来没有上过高三毕业班。那次高二下学期，和喜的班级考试真不错，但暑假决定上高三年级的教师名单上又没有和喜。和喜二话没说，看见刘校长进了办公室，他也溜了进去，谁知他还带着一块大砖头，“砰”地砸在了刘校长的办公桌上："为什么我不能上高三?"丢下了一句话，又如一阵风一样地走出了校长办公室。结果是，和喜不但上了高三年级，还做了班主任。

那一年，和喜承包了学校的小卖部。因为学生可以自由出入学校，所以小卖部生意不是很好，眼看承包款都难以还上，和喜找到刘校长："我不承包了，要退!"刘校长不答应："你不是最不主张悔棋的吗? 怎么了?"和喜就找学校领导一个一个地说，最后学校决定说可以退，但只是退还仓库中库存的商品。和喜高兴不已，说："老刘啊，和你下棋我还是要悔棋的哟……"刘校长哭笑不得。第二天，学校到和喜仓库中去清理库存商品，一看，满满的一仓库。有人偷偷地说："昨晚啊，有辆大卡车从省城拉了一满车货来了的……"

和喜嗜吃，吃还要吃好的，像梁山好汉一般，吃大鱼大肉。平常在办公室，谁带来了零食，都不会忘了他，叫一声"和喜"，不到五秒，和喜就来到了跟前，好像之前和喜就知道似的。当然，面包是和喜的最爱。每每到餐馆吃饭，点菜的事当然是和喜自告奋勇地去做。菜上来了，全是鱼肉。看着和喜一副贪婪的样子，大家不由地也饶有兴趣地拿起了筷子。几年下来，和喜的身材更加粗壮了，和他一米五的身高相配比，有人笑称他的三围为零，整个儿看起来，嘿，快成了个四方的身体了。

前天他生日，有人送来生日蛋糕，刚好他不在办公室。我就去教室叫他，一看，他正趴在一张课桌上，几个学生围着，他憋得满脸通红，教语文的他正在给学生解数学题目呢。一听说有人送蛋糕，他就忙对学生说："明天再给你们讲吧，我有事哩。"到了办公室，看见了蛋糕，却没见刀具。他用食指对着那蛋糕上的奶油只一刮，奶油便滑进了他的口中。我们哈哈大笑，他也哈哈大笑起来。

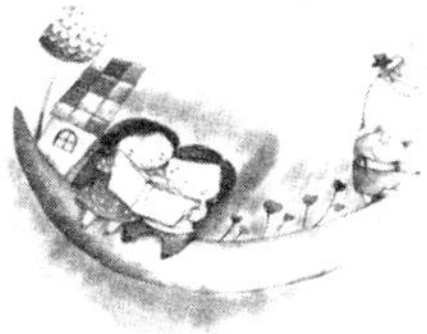

唐善龙

好久没见到唐善龙了。

他是我第一次带高三年级时的学生。那时刚一分班，就有老师大声地叫：“不知哪个班收留了唐善龙哩。”我应了声：“是我的班。”

“那你倒霉了。”几个老师围拢过来，七嘴八舌地说开了。

“这个学生，说起来成绩不错，其实他抽烟、喝酒、打架、逃课，真是无所不为……”

我不去理会这些话。学生也还只是学生，我心里想。我又看了看唐善龙的进班名次，第52名。

第二天上午学生进班，果然，唐善龙没来。我去查了查他的家庭联系方式，居然没有电话，只在地址栏留了“民主街”三个字，心想这下家访也不成了。开学一周过去了，就在我们都以为唐善龙已经辍学了的时候，教室门外来了两个人，唐善龙和他的父亲。他的父亲拿着半截竹棒，向着我说：“老师，这下我把他请到了学校，竹棒都打断了……”同学们哄堂大笑，唐善龙一言不发，走到了最后的一张座位。

第二天，我找唐善龙谈心，我动用了我的三寸不烂之舌，若口婆心说了一箩筐话，可唐善龙像截木桩，总是一言不发。我有点恼火，说：“你是不是男子汉，啊?”

“是!”唐善龙大声叫道。随后，又小声说：“请给我支烟。”我一惊，还是从衣袋里抽出一支烟给了他。他很自然地拿出了打火机点燃。我发现他的眼睛里布满血丝。

“昨晚没有睡觉?”我问。

“嗯。”

“做什么?”

“看小说，看了一整晚。”

“什么小说?”我又问。

“《老人与海》。你看过没有？我这是第五遍了。”他吐着烟圈说。

“知道吗?”他又说，“一个人是不可能被别人打倒的，只有自己被自己打倒。每次看《老人与海》，我就有一股无穷的力量。”他啪地扔了烟头，用脚狠狠地踩了踩。

“我不会再让您操心的。”唐善龙说。然后，一步一步稳稳地回到了座位。我听见，他说了一个“您”字。

我不知道我为什么会给他一支烟，现在也不明白。不过，从那以后，唐善龙再没有抽烟，再没有逃课。打过一次架，是校外的小混混在班上找女生，被他拳脚交加地赶出了校门。

“没想到个子不高的你有这样的身手哩。”望着他受伤的胳膊，我说。

“个子不高，浓缩了精华，浑身是胆哩。”他笑着说。这是我第一次看到他的笑脸。

高考之前的模拟考试，唐善龙一跃成了班上的第六名。高考，他顺利地考取了一类重点大学。

收志愿表时，我惊奇地发现唐善龙填的是一所二类大学。“为什么呢?”我问。

“这所大学数学系不错，我喜欢。”他平淡地说。我又看了看学费，这所二类大学比好多大学都低。我似乎明白了他填报的真正原因。他的父母，是小菜贩。他家中，还有两个读书的妹妹。

好久没有见到唐善龙了。去年过年前，一个陌生的长途座机号传入了我的手机：“老师，您好……”

这小子，在这满世界都有手机的时候，听说还没有买手机呢。

关　爱

初二（2）班的以“关爱”为主题的班会课正在举行。

“大家说说自己身边的关爱故事吧。”主持人班长小丁用自己的口才尽力地鼓励着班上的同学发言，因为这是一节公开课，听课的有包括学校白校长在内的领导。

先后有同学接过话筒，讲述着自己家中的关爱故事，让大家共同感受着一份份难得的深情。“还有谁能说？”小丁又说。

一个瘦瘦的女生站了起来，慢慢地。一接过话筒，她似乎要哭了起来。

“别激动，梅子。”小丁不失时机地安慰了一句。

“亲爱的同学，我要说说我家的故事……”梅子开口说话了，“三年前，我爸就和我妈离婚了……我爸不要我，我判给了妈妈……呜呜……”

梅子哭了起来。

“慢慢继续说。”小丁劝道。

“呜……这三年来，我和妈妈相依为命。妈妈为了我，选择了不再嫁。她没有正式工作，为了生活，她给人看过店子，自己推小车卖过夜餐，还捡过垃圾……呜呜呜呜……”梅子拼命哭了起来。

孩子们有的也哭了起来，听课的领导老师眼眶也湿润了。

全校公开课评比，初二（2）班的“关爱”主题班会被评为优质课，将代表学校参加全市的班会课评比。学校政教处刘主任对这节班会课进行了点评，说这节课的亮点就是梅子同学的发言，到时候到市里上评比课时，能否讲述时语速更慢一点，那样就更令人动情了。

一周后，初二（2）班代表学校在市里参加班会公开课。公开课上，梅子开始发言：三年前……我爸妈就离婚了……爸爸不要我……呜……我判给了妈妈……妈妈为了我她没有再婚……呜……为了生活……她给人看过店子……推车卖过夜餐……还捡过垃圾……呜呜……

听课评委落泪了。这节课在市里被评为一等奖第一名，初二（2）班将代表全市到省城去参加全省的班会课竞赛。市教育局张副局长建议：梅子发言时能不能哭声再大一点？那样这节以“关爱”为主题的班会课，才更有说服力啊。

一个月之后，全省班会课竞赛活动在省城举行。白校长亲自带着学生上省城。又轮到梅子发言的时候，先是一阵痛哭，然后逐字逐句地哭诉：三……年……前……我……爸……妈……就……离……婚……了……呜……呜……

梅子的这次发言花了近10分钟，在场听课的人无不潸然泪下。评委们给分都很高，有两个评委给出了满分。白校长欣喜不已，忙着给市教育局报喜，并电话安排学校政教处刘主任迅速组织人拉几条横幅，内容就是庆祝班会公开课在省里获大奖……

学校里横幅拉起来了，庆功宴在最豪华的帝王酒家也订好了。可是，白校长带着学生回来时，却都耷拉着脑袋。

“为什么不是一等奖呢？”刘主任忙问。

“省里一位专家说，我们选题是‘关爱’，可是我们偏题了……”白校长有气无力地说。

“这怎么会偏题呢？这怎么会偏题呢……”刘主任困惑不已。这个问题，白校长昨天也想了一整个晚上。

木脑壳

木脑壳是俺族里的叔叔，年纪和俺差不多。这木脑壳的名儿是俺们兄弟替他取的。那年头乡下常放电影，那晚放的是《地道战》，一阵枪响过后，他忙着那银幕下找东西。

找啥？俺们问他。

枪子儿呗。他说。

真是个木脑壳。俺们齐声道。

木脑壳是个贬人的号儿，俺们那会儿是没讲究个长辈晚辈的，于是不到三五天，叔的“木脑壳”名儿就像长了翅膀一样飞遍了村子里的角落。就连他爹娘也这么叫。说，他昨晚吃了两大个儿瓜，又给尿床了，尿床了也不吭一声，睡在那湿垫儿上。

咋不挪个窝儿？他娘拍着他屁股片儿，问。

俺想用俺身上的热气儿烘干尿窝儿。他翁声翁气地说。

真个木脑壳。他爹接着对他屁股蛋又是两下。

木脑壳和俺们一同开始上学，俺们读到中学时，木脑壳还在小学三年级当班长。他连庄了，他爹就拧他的耳朵说，俺打牌不连庄你上学倒连庄，气人不？木脑壳个儿特高，比老师还高，他爹怕丢自己的脸，不让他念书了。离开学校那天，木脑壳哭了，像个婴儿一样，号啕大哭。过了几天，他爹让他去学木匠，使墨斗时居然拉不直，师傅便不要他了。他自个儿下到水田去捉泥鳅黄鳝，一天居然可以捉几斤，比人家的都多。先是家里人吃，吃不完了便去卖钱，人家给个三五块便让人连桶提走。不过，这些钱也足够让木脑壳的小花妹妹读书了。小花妹妹乖，常常领大红奖状，领了大红奖状回来总是先给木脑壳看，木脑壳就咧开嘴大笑起来。

后来俺读完中学又读大学，不知木脑壳在乡下是怎么过的。只在俺大学毕业那会，俺娘到城里来看俺，说你木脑壳叔就要娶婆娘了，是村西的胖妞。丑着哩，俺笑了。

“俏了守不住的，再说婆浪胖点就会生胖小子的，这是你木脑壳叔说的。”娘说。果然，不到一年，木脑壳的胖婆娘替他生了个大胖小子。

俺大学毕业后回到县一中教书，一直没有木脑壳的消息。不想十多年后，俺在一次下自习的时候，碰到了木脑壳，还有他十五六岁的儿子。俺当时一眼就认出了他，还是那模样儿，呆头呆脑的。

“来找你有事儿哩。”木脑壳说，“傻小子金牛今年考高中哩，考你的一中还差十多分儿，你替俺帮帮忙去，出多少钱俺都愿意，只要让他上一中。”

“差十多分儿得多交两千多元哩。”俺说，“为啥非得进一中呢?”

“你办就是了，俺有钱，这几年收成好着哩。进了一中，金牛小子会使劲儿学的。说回来，一中的学生到时都是好大学生，也都是俺家金牛的同学，毕业后俺家金牛不就沾大光了?”他说完嘻嘻地笑了。

俺应了下来。他又说：“俺还得去趟铁青家。”

“干啥?”俺问。俺知道铁青也是俺们儿时伙伴，不过人家已经是县人事局局长了。

“明日个肯定有用得着铁青的当儿的。”木脑壳说。但俺压在心口的话儿没说出，你金牛才上高中，去读大学还早，再说到时金牛大学毕业了还真用得上做人事局长的铁青吗？恐怕人事皆非了，真是个木脑壳！

接下的几年，木脑壳年年进县城，他家金牛上了个二类大学，他还来。俺说你不用来了吧。木脑壳说：“俺是去给铁青送两只母鸡，顺便给你捎了一只来的。”

“你犯不着每年去拜访铁青吧。”俺说。

“你是个教书人，可你懂得做房下墙角的理儿吧，墙角下得早、下得宽就好，俺这就是在铁青那下墙角呀。”木脑壳说。

金牛从二类大学毕业时，工作真的很难找。偏偏，铁青调任成了副县长，分配金牛到了县人事局工作。

“走，俺请客。”木脑壳立马找到俺说。

“你个木脑壳。”俺指着他的头，笑着说。

一路的爱

一个老人，每天早晨都会坐上这 1 路公共汽车。每天上午 8 点多，老人都会准时上车，总是坐在第二排靠右的窗户边的座位上。1 路车是环城车，环城一周得一个多小时。奇怪的是，老人上车了却不下车，只是在车上坐一圈又回来，在上车的地方又下车。

每天，都是这样。

1 路车的司机和售票员总是在变，老人的每天上车和下车却没有变。时间长了，1 路车的好多司机和售票员也就和老人熟了。

“老伯，您每天都要逛逛这座小城的风景啊。”有个年轻的司机问老人。

“是啊，每天看看。”老人边说边笑。

“那您每天都看，看不厌啊?”

“怎么看得厌哩。”老人又笑了。

可是一想又不对啊。老人每天都是坐在靠右的座位上，那还有一边的风景为什么不看看呢。年轻人纳闷了。年轻人多了一个心眼。每次到了长青路时，老人总会说上一句：“小伙子，开慢点行不行啊?”年轻人就慢了下来，可是这里全是小摊小贩的门面，根本没有什么好的风景啊。于是就问老人：“老伯，这里没有什么好看的风景，一会到了大桥那儿了我慢一些开车，多好。”

“就在这慢一些就行了，就在这慢一些就行了。”老人连声说。

年轻人还是不明白。

终于有一次，这个谜给解开了。就在那长青路站口时，上来一个三十多岁的中年人，见着老人就说：“爸，您上哪儿去啊？手里还有没有钱啊?”

老人的神色有些不自在了，忙说：“有钱有钱，我随便走走。”下午，老人当然不在车上，中年人又上了车。司机还是那年轻人，年轻人就问：“早晨那老人真是你爸?”

“是啊是啊，肯定是我爸，我每个月给几百元的零花钱给他哩。东区偌大一所房子也就我爸一人在住。我们在长青路忙生意，真是忙啊。”中年人说。

“其实呀，老人每天都从你们的门前走过哩。”年轻人说。

第二天早晨，司机还是年轻人，老人依然早早上了车，在长青路时中年人又上车去进货。“爸，你怎么又到处乱跑?”老人像犯了错误似的，小声地说：“我就是有些记挂着你们，真的坐不住，想着每天来看看你们，但是又不想打扰你们的生活，这不好么……”

儿子不再作声了。年轻人不再说话，整个车里一片寂静。

年轻人在长青路把车开得很慢很慢。有泪，从儿子的眼里流了出来，大颗大颗的。

狗　粮

帝王酒楼的生意一直红红火火，在这饮食一条街小有名气。这主要得益于酒楼总经理刘大平的精心管理。

刘大平前些年在南方替人打理酒楼，很有些经验。去年才回到老家的这座小城，开了这家帝王酒楼。他在细节管理上下工夫。比如，他会要求服务员总是面带微笑，要求传菜员托菜盘的姿势要文雅。他还要求酒楼对每桌吃过的残菜剩饭进行立即处理，那就是马上倒掉，不允许回炉再卖，也不允许服务员带回家作狗粮。

可是，大堂经理王娟刚来向他报告：“刘总，昨天肯定有人拿走了酒楼的残菜剩饭，因为很明显，在308号和309号房间的两桌高消费客人走之后，餐桌上剩下的饭菜不少，但是我进去的时候，菜盘上就像洗过了一样。”

刘大平就有些生气了，他多次强调，服务员是不能将残菜剩饭带回家的。并且作出了处罚规定，偷拿残菜剩饭的服务员，第一次扣工资50元，第二次扣工资300元，第三次直接辞退。他对王娟吩咐：“你看，我们强调得这么厉害，还是有人偷拿剩下的饭菜。这样，大上午没有什么客人，你这时在大厅召开服务员紧急会议，立即将事情查清楚。”

二十八个服务员一会儿就在大厅聚齐了。王娟讲话：“请昨天偷拿了残菜剩饭的员工主动承认，我也好向刘总去求情。”服务员们面面相觑，知道王娟说的是假话，知道这次查出来了，肯定会严惩，估计会辞退。

“说，快点说啊你们，谁将昨天308、309房间的残菜剩饭带回家作狗粮了？”王娟声音更大了。员工们仍然一声不吭。

刘大平走了过来，说：“这事情也严重着呢，今天偷拿酒楼的残菜剩饭，明天可能会偷走酒楼的物品。说吧，谁带回家当狗粮了？如果承认了，我送给一星期高档的狗粮。”

服务员们知道刘大平是爱狗一族，养了三只狗，一只黑色的大藏獒、一只白色的宠物小狗，还有一只黄色的土狗。那狗粮，他们也知道，是专门找营养师精心配制的，生熟搭配，荤素合理。

员工们就有了叽叽喳喳的声音，都在说不是自己拿的，有的说：“这次要是拿了才好哩，可惜不是我啊。”

王娟就有点生气了：“你们不承认也行，其实很好查出来。你们二十八个人，住在酒楼的六个男服务员不会拿走，八个没结婚的女孩子也不大可能，剩下的十四人，稍微仔细点调查，就能知道是谁。如果，都不承认，你们都将被辞退。”见刘总在这儿，王娟说得更严厉了。

“是我！”一个女人的声音。是三十多岁的李小月。

其他服务员就叹气了。因为如果真是李小月，那她这次肯定会被辞退的。她这是第四次偷拿酒楼的饭菜了。三十多岁的女人，文化程度也不高，找份工作不容易。大家也大略知道她一些情况，上班从不迟到，下班到了时间就走，总是匆匆忙忙的样子。长年穿着工作服，似乎也没有一点女人的样子。但是，她对待工作，勤勤恳恳，任劳任怨。

刘大平真发话了：“好的。李小月，我送你一周的狗粮。只是有个小要求，你让我看看你家的狗吧。”刘大平爱狗的性情又来了。李小月点了点头。服务员们就知道刘大平这送狗粮会是真的了，但她们也猜测，李小月被辞退也是真的了。

第二天，李小月没有将她家的狗带来。第三天，李小月仍然没有带来她家的狗。

刘大平倒急了：“李小月，你怎么了，狗呢？”李小月答应：“刘总，星期天吧，星期天我带来。”

星期天一大早，李小月敲开了刘大平的办公室门。刘大平说：“狗带来了吧，快让我看看。”刘大平确实是太喜欢狗了。

可是，刘大平仍然没有看到狗，就又问：“狗呢？说好带来的。”

李小月就用手指了指她身边的两个人，说：“这，是我 60 多岁的父亲和 15 岁的儿子。”

“那狗呢?”刘大平又问。

“刘总，我也不能瞒你了。每次我偷偷地带回残菜剩饭，都是给了他们俩吃了的。孩子的爸爸五年前就去世了，我一个人在您这儿打工支撑着这个家，我们一家人生活那您就可以想象了，舍不得买一件新衣服，常年吃着最便宜的小菜，我就想着，酒楼的残菜剩饭倒了真可惜，我带回去也算是改善家里人生活了。我的家里，哪里还养得了什么狗啊……”李小月说得很慢，声音低低的。

刘大平愣住了。他知道，他遇上了一件棘手的事了。

红纱巾

女孩爱美，这是天性。冲着爱美的女孩子们，我在街角开了家小饰品店。店名叫“美你”，专卖女孩子们喜爱的饰物，有几百元的洋娃娃，有几毛钱的红头绳。小店离学校近，我的生意当然还不错。有个男生，一天买走了两个四百元的洋娃娃，说是两个女生的生日，说是要送给她们。我高兴得不得了，连忙为他打包，送到学校门口。

但生意也有清冷的时候，那就是学校在上课的时候。这时候，我是可以清闲下来的。看看书，上上网，整理下货架，有时倒觉得无聊。无聊时我就朝远处看看，这对眼睛是有好处的。说的是远处，其实也看不了多远。马路对面就是一排民房，这民房很有些岁月了，我知道下雨时居民们常常拿着大盆小桶盛着从瓦缝里漏下的雨。很多的时候，我似乎听到这些老房子的呻吟声。

就在我的小店的正对面，总是坐着一个小女孩。小女孩大约六七岁的样子，成天坐在一个小板凳上。我在看她时，好像觉得她也在看着我。我就奇怪了。这小女孩，为什么不去上学，只是成天在家门口坐着。有好几次，我想去看看这小女孩，即便只是和这小女孩搭下话也行。但我总是忘记。倒有几次，小女孩走过了马路，到了我的店子门前。小女孩并不说话。我向她问好，她也不说话，只是羞涩地笑笑。我递给她一颗糖，她连连摆手，然后又慢慢地走回到她的家门口。过了一会，她又会过来。我就想给她一支小发卡，上面有漂亮的蝴蝶，小女孩都喜欢的。才拿下来，她又摆手了。我好不容易塞进了她的小手。她从牙缝里飘出了两个字：谢谢。这时我才发觉，她的眼睛，其实盯在一条红纱巾上。原来小女孩是要红纱巾。我还是想着送给她，连忙取下红纱巾，她却跑开了。她的手里，也捏着条红布条。小女孩跑回了家，用红布条自个往头发上缠，头发还是短了些，少了些，但就是缠不上去。我知道小女孩是希望拥有一条红纱巾。

第二天，我正在看书。小女孩又来了，还有一个女人，大概是她的妈妈。小女孩的耳朵被妇女拧着，她向着我说：“对不起，小孩子不知是不是又在你这儿拿的这小发卡和红布条？这孩子太不听话了，喜欢拿人家的小东小西的，不教训不行。我和她爸太忙了，三个孩子，照顾哪个都不行……”女人一见我，就絮絮叨叨地说个不停。小女孩一声不吭，只是睁着大大的一双眼睛。我忙着站起身，说：“没有没有，小孩子很听话的。”女人听了这话，又一把拉过小女孩，絮絮叨叨地走开了：“九岁了，数一二三四五也不会，还想上学？这是想浪费我们的钱。还想着要漂亮玩意儿？不可能的事。老老实实在门口坐着吧……”

我这才明白，小女孩原来已经九岁了，居然从来没上过学，也难怪她的话不多了。但在我的心里，小女孩的一双眼睛一直睁得大大的。我知道，红纱巾，肯定在她的心头恣意飘扬。

在一个晴朗的午后，我拿着那条红纱巾，径直走到了小女孩的家门口。

“小朋友，给你的。”我轻轻说。小女孩的眼睛照样大大地睁着。

“不准接!”一个大大的声音从屋里传了出来，是小女孩的妈妈。我笑了笑，说：“阿姨，这是我送给小女孩的，也没什么的。”女人不理我，走近小女孩，又一把拉过，嚷道：“不要臭美了。如今的社会，骗人的人真是多哩……”听了这话，我压住了心头的火，还是笑了笑，回到了自己的小店。

我不明白为什么小女孩有这样的妈妈。也许，孩子多，受骗多，让她的生活承受的够多的了。我不想责备她什么。我再偶尔向小女孩的家望去的时候，小女孩也在望着我的小店。我看不到她的脸，但我想她的眼睛一定睁得大大的。

我将红纱巾挂在了最显眼的位置。因为，这样小女孩可以看得更加清楚。后来，有学校的小女生来我的小店，想着要买走那条红纱巾。我连连摆手：“这条红纱巾是不卖的。”我又特意贴上了张标签：永不出售。

一阵风吹过，红纱巾飘了起来。那抹红，更是刺眼。

寻找失主

郑直这几天头顶总飘着块乌云一样，一直愁眉苦脸。

他在毛巾厂上班，自己每月的工资照样没少一分，但是工资是眉毛物价是头发，头发像野草一样疯长眉毛总是纹丝不动。老婆娟子的小吃摊前几天让城管给收了，正想法托人去将摊车要回来。收入少多了，他不得不叮嘱娟子每天买菜时得细细问问价，要不，就每天下午去买菜，也许还能捡到些不用掏钱的青菜，或许还有活蹦乱跳的几条小泥鳅。

儿子小天说，学校又得交补课费了，每人每月三百元。不然，就得坐到教室最后一排去。

乡下的父亲来电话说，母亲的高血压病又犯得厉害，说不定得住院了。

生活就是副重担，重重地压在郑直并不高大的身躯上。

但不走运的郑直偏偏幸运了一回，他捡到了一个钱包。

就在昨天下班回家的时候，他步行经过民主路口，一个钱包张着大口对着前行的郑直。路过的人一个又一个，像没看见一样。郑直捡起了它。他还在那儿站了站，喊了几声："谁的钱包？谁的钱包?"可是，除了几个人像看外星人一样，或者像看骗子一样，看了他几眼，没有谁理会他。

他将钱包放进了自己的口袋，回到了家。

娟子刚从菜场回来，正在择菜。青菜的黄叶不多，见了郑直，娟子很高兴地打招呼："回来了，一会就吃饭了。"儿子小天正在做作业，聚精会神。

郑直没有接上娟子的话，却将娟子拉进房间，神秘地拿出了那个钱包：“娟子你看，我刚才捡到一个钱包。”说着就打开了钱包。他一张一张地数着百元钞票，娟子也一张一张地随着数着数目。

有十八张百元的，还有几张十元的和一元的。一共是一千八百四十三元钱。还有一张身份证和两张银行卡。

娟子兴奋不已：“我们家的郑直啊，也有这样的好机会，这下好了，小天的钱明天就能交上了……”

郑直也激动，心想，银行卡上的钱不可能取得出，但那一千八百多元钱已是不少了。这下也能为母亲买点好一些的高血压的药了。还有，这些天，家中的生活也能改善改善了。

“可是，这钱，我们能用吗?”郑直在口中呢喃着，声音很小。但老婆娟子还是听到了。娟子一向都是听郑直的话的。她也在想：这钱，我们能用吗?

夫妻两个就都不作声了。

娟子看那张身份证，身份证上的人名和地址写得清清楚楚：李大林……长江路98号。

好一会，还是郑直先说：“明天，我们将钱还给人家吧。”

第二天，郑直得上中班，中午十二点接班，那得在十二点之前将钱包归还给李大林。郑直不知道长江路在哪儿，就问了问邻居，邻居想了想说：“应该在城东工业园那儿吧。我们这是城西，得打的去才好，坐公共汽车得两个多小时哩。”

郑直起了个大早，匆匆吃了两个馒头就上了公共汽车。他当然不会去打的，那得一百多元哩。公共汽车上的人照样很多，郑直将李大林的钱包揣在怀中，紧紧地。他转了三次车，才到了长江路。他下了车。

长江路98号，他一路走着，数着门牌号。这条路上大多是大公司大工厂，比他住的城西那一块气派多了。郑直也顾不上看东看西，他只想着一心将钱包迅速归还后再去接班。

终于到了98号，是一家大公司，瑞生生物科技。门口有两个保安站岗，郑直走过去，保安就叫道：“做什么啊?”郑直就说：“我找李大林。”

保安仔细看了他几眼，说："你找他做什么？"

"我捡到了他的钱包，想还给他。"郑直说。

听了这话，保安拿出了登记本，让郑直登记，说："他在办公大楼八楼，你去找吧。"

好不容易到了办公大楼八楼，郑直又让人拦住了："请问你来这儿，有事吗？"是一个漂亮的女秘书。

"我想找一下李大林。"郑直说。

"你和他有预约吗？"女秘书又问。

"是这样的，我昨天捡到了李大林的钱包，今天想来还给他。"郑直又说。

"那请你等一等，前边已经有三个人预约了。"女秘书说着，头也不回地走了。

郑直看了看时间，现在是九点二十，要是半小时后还不能往回赶的话，上班就得迟到了。他就又想到找一找那女秘书，让她给说一说，可是哪里还有她的人影？

九点四十五分，女秘书探出了美丽的脑袋："李总说让你进来。"

郑直看了看办公室的标牌，是"董事长办公室"几个字。他走进去，一个男子正在拨打着电话。办公室里富丽堂皇的装潢，郑直只在电视剧里见过。

"我要找李大林。"郑直对着不停地打着电话的男子说。

男子这才停下来，说："我就是李大林。"

"是这样，李大林，我昨天在民主路口捡到了你的钱包，里面有一千八百四十三元钱、一张身份证、两张银行卡。现在，我归还给你。"郑直说。郑直其实早已将身份证上的照片样子记住了，看来这个李大林是没有错的。

"好的，好的。"男子说。

"里面有一千八百四十三元钱、一张身份证、两张银行卡。请你清点一下。"郑直又说。

"那……你放在办公桌上吧。"男子说着，用手指了指他不远处的一张桌子。一个电话打进来，男子又拿起了电话。

放下钱包，郑直大踏步迈出了董事长办公室。

他在长江路口等公共汽车。这时候回去，上班应该不会迟到。

他望了望天，没有一丝风。天边不远处的一大块乌云，好像就要压向他的头顶。

刘家少爷

转眼，刘家少爷已是五十多岁的人了。

刘家少爷一出生就是当然的少爷，因为他出生时，他爸已是县里的副县长。刘副县长家的儿子，一上小学，自然就给冠上了“刘家少爷”的名号。我们和他同班，是“刘家少爷”名号的创始人。这个名号，硬是让我们几个小家伙喊开了。学校里，不用说同班的同学，就是外班比我们大或者比我们小的学生，也都叫他“刘家少爷”。学校的老师们也叫他“刘家少爷”。六十多岁的老校长见了他，也亲热地问候一句：“刘家少爷，今日可吃得饱?”

他和我是同学，一直到高中毕业。

我高中毕业上了大学，刘家少爷没能考上。他爸这时已是县委书记，托人找了所省城最好的大学，让刘家少爷去上。家里的行李也清点好了，门口的小车连门也打开了，就等着刘家少爷上车。可就是找不着人了。好不容易，他爸的秘书在照相馆门前找着了他。他连连摆手，说：“不去不去，我才不去上那大学哩。要上，让我家老子去上得了。”

刘家少爷的手中，摆弄着一架刚买到手的“海鸥”牌照相机，正向人学着照相。

秘书向他家老子刘书记汇报，刘书记无可奈何，摆了摆手：“算了，过段时间再说吧。”

刘书记成天忙着，儿子刘家少爷也忙。他学会了照相，一架“海鸥”拿在手中，可以将自然界万事万物尽收眼中。看着儿子这样玩着，刘书记心想也不是个事儿。刚好部队上招新兵，他直接对刘家少爷一说，刘家少爷居然答应试试看。一体检，完全合格。刘家少爷成了一名光荣的解放军战士。三年说快也快，刘家少爷退伍的时候，刘书记已成了邻市的市长。刘市长的精明下属，很自然地将刚退伍的刘家少爷安排到了市政府上班。

到市政府报到的那天，那些精明下属早已准备好了接风酒宴。不想，刘家少爷又缺席了。一打听，他清早就出发，去了京城，参加一个全国性的文学会议。刘市长这才让夫人整理了一下儿子的房间，这才知道刘家少爷的一篇小说已经得了全国二等奖。

“不想到市政府上班，那你到哪儿上班？”刘家少爷的母亲小心地问他。

“我想放电影。”他说。

于是，刘家少爷成了一名快乐的乡村放映员。在乡间，他常常骑着辆破烂的“永久”自行车，后头驮着影片。他一边骑车，一边张开了嗓子嚷：“电影来了，电影来了，今日是《地道战》和《铁道游击队》，加的影片是《水稻种植》……”他的后边，跟着一群流着鼻涕的孩子们，欢呼雀跃着。

快乐的日子总是短暂，不久县里取消了乡村放映员。刘家少爷觉得没有意思，也不好向老爸老妈要钱，他就向他们请求说：“老爸老妈，就按政策，让我转业到老家的县工商银行吧。”这样，刘家少爷正式成为了县工商银行的一名职员。

我大学毕业后回到县一中教书，和刘家少爷是同学，自然，和他的交往很多。

这时候，刘市长已成为了市委书记。刘家少爷是名副其实的高干之子了。我们就为刘家少爷不平：“你看你，要是走正道，只怕成了副县长了哩。”他只是笑。一有时间，他就会拿着照相机出去转转，然后和我们一块喝酒，炫耀他的照相机镜头，说：“又是新的哩，花了好几个月的工资买来的。”有时，他会拿出自己刚写完的一篇小说，让我替他看看，他说：“老同学啊，你是老师，当然是我的老师了，多多指教，多多指教。”倒让我不好意思了。

我们同班的同学大都结婚了，孩子都快要上小学时，刘家少爷才结婚。找的爱人是乡下来县城工作的小花，县工商银行的临时工。他爸他妈阻止他，他发起狠来："不娶她，我就不结婚了。"老两口给吓住了，就答应了。其实我们知道，这个小花，是刘家少爷做快乐的乡村放映员时就认识的一个女孩子，那时，这个女孩子常跟着他，跑前跑后，牵电线，挂银幕，得力得很。

刘家少爷上班不到两年，就做了银行信贷科长。他好喝酒，来贷款的人就都请他出去喝酒。喝酒了，银行的款也给贷出去了。不想，就在这上面出了问题，好些贷款收不回来。出了问题，上面得查。一查，才知道，有两笔大额贷款都和银行一把手有关，是人家设好了的局，让刘家少爷往里钻。那一把手，收了人家的钱，替人家办违心事。刘家少爷只是吃了两顿饭，也就受了点小处分。

刘家少爷知道受处分这事儿会传到老爷子刘书记那儿，就赶忙前去当面请罪，也好当面作个解释。刘家少爷没有通知成天忙工作的父亲刘书记，他是坐着公共汽车去父亲那儿的。公共汽车上，好交朋友的刘家少爷和邻座矮个男子攀谈上了。矮个男子说："我啊，这次来这里，是准备做笔大生意的，这里石油多，我就想向市委刘书记去搞几吨石油。"

"那你怎么找到刘书记啊？"刘家少爷来了兴趣。

矮个男子就更牛了："你不知道啊？我和刘书记的儿子刘城乡是一起穿开裆裤长大的，是最好的朋友。我当然就找他儿子刘城乡。"

刘家少爷就又细细地看了看矮个男子，笑了："你真认识那刘城乡？"

"你这不是废话吗？"

"肯定是废话了。"刘家少爷笑声更大了，"你看看，你认识我不？我就是正宗的刘城乡哩。"

矮个男子懵了，下车时就想溜走，让刘家少爷给拉住了："跑什么啊？走，咱们一起走，去找我爸爸，你要的石油我帮你……"

后来，事情当然办成了，那矮个男子和刘家少爷也果真成了最好的朋友。

刘家少爷结婚不久也生了小少爷，他常常教育儿子好好读书："儿子啊，你不如我哟。你的父亲不如我的父亲。所以，你要好好学习。"刘家少爷的父亲刘书记，这时已经兼任省委委员了。刘家少爷也时不时地上省城去看看老父亲，他也常常对着老父亲说了一句："老爷子，您总有不如我的地方，比如，您的儿子就不如我的儿子，呵呵……”这一年，刘家少爷的儿子已经考取了北京一所著名的大学了。

前年，刘家少爷又叫上了我，还有写写文章的几个朋友，围成一圈儿，说：“看看，我出的一本文集《野白》，有散文也有小说。哎，野白是什么意思知道不?”我们肯定是知道这“野白”的意思，指谎话或者上不了正席的话语。我们就祝贺他的文集出版。他谢过之后说：“这文集啊，我也只印刷了一千册，我送你们每人一本，另外你们得替我销点，三五十本也行。其他的书我去找我在省里工作的姐姐推销去。”我们替他销点书其实问题也不大，但我们就惊讶，他为什么不去找他老爸刘书记，那你印刷一万本也能销出去的。

见我们答应爽快，刘家少爷就端起酒杯说：“你们看你们看，我是酒色才气都有了。酒，我每天喝，一天可以喝五顿；色，是‘摄’也，我的摄影是在全国获过奖的；才华，呵呵，你们都见识了，还出了书了；气嘛，我也是很大气的……”说完，他哈哈大笑，像个孩子一样。

刘家少爷今年已经快六十岁了。他的生活依然是四个字：酒、摄、才、气。他成天乐呵呵的，到哪里，哪里就热闹。

刘家老爷子早就退休了，在省城养老。有人对他说起儿子刘家少爷时，身经官场几十年的老爷子也是轻轻一笑。每年春节，刘老爷子总要回到老家，回到儿子刘家少爷家中过上十多天。

经过一座美丽的城市

男人这次出差，要路过女人的城市。男人在出差前都是不知道的，等到办完了该做的事，一打开地图，男人才知道自己所在的地方离女人是这样的近。男人似乎闻到了女人的气息。男人决定要见一见女人。

男人和女人是一对恋人，不过那是五年前的事了。男人玉树临风，女人妩媚可人。五年前，男人和女人成天黏在一起，两人的恋情在那座小城几乎人人都知。男人和女人在大街上一走，就是小城的一道靓丽风景。五年了，在寂寞的时候，男人总是不经意地想起女人。五年里，男人成了另外一个女人的男人，女人成了另外一个男人的女人。

脚刚踏上这座小城，男人就给女人打电话，还是那个熟悉的号码：“我来了，我是闻着你的气味来的……”

女人很快地就接了电话：“来了，好啊，我来陪你，在哪儿?”男人很快地就说了个地方：“我刚才问了人家，说这里也有一家名叫紫丁香的茶室，我们在那儿见面吧。”

女人“嗯”了一声，很轻柔的。男人心里的快乐一阵荡漾。

男人赶到紫丁香茶室的时候，女人早就坐在了靠窗的一个桌子边。这是他们曾经最爱坐的座位。男人来了，女人站了起来，替男人接过包：“来了，也不早说说，我好有个欢迎仪式啊。”

“我就是想给你一个意外惊喜啊。”男人狡黠地说。

“先来两杯咖啡，一杯加冰块一杯不加。”男人说，男人知道女人喜欢喝不加冰块的咖啡。

“不，两杯都要加冰块。”女人接着说，还对男人怪怪地笑了笑，“加了冰块才好哩。”

咖啡上来了，都加了冰块。还有几样小零食，是男人和女人都喜欢吃的。男人和女人开始说话。

“说说你家中的女人吧。”女人对男人说。男人就开始说自己家中的女人，说来说去，男人说到自己根本不爱家中的女人，和女人结婚是被家里逼的。

“我的心中真的只有你。”男人说。说着，深情地望着女人，右手情不自禁地替女人捋了捋眼前的刘海。不等男人开口，女人就开始说自己家中的男人，笑嘻嘻地说着，一脸幸福的样子。

男人有意无意地听着，不等女人说完，男人轻轻地对女人说：“我住宿地点已经在帝王宾馆订好了，和我一起上去坐坐?”说着，男人用右臂轻轻地拥过女人。这是他们以前很习惯性的一个动作。

女人一笑：“我还去？不大好吧?”脸上有些不自在的神色。

“就只是坐坐，还怕我吃了你不成?”男人说。男人心里想，五年前，我和你难道还有什么事情没有做吗？男人想了想，心底的快乐更是荡漾开来。

女人就跟着男人来到了帝王宾馆508房间。这是个大套房，价格不菲，女人知道。以前男人和女人在一块的时候从来没有住过这样的房间。进了房间，男人泡了两杯茶，茉莉花味道的，男人知道女人喜欢这种味道。女人接过茶，默默地品着，一小口一小口地。

男人呷了一口茶，然后走过来，张开双臂，拥住了女人。女人也站了起来，看着男人。男人觉得，女人的目光里有一把剑一样。男人不敢去看女人，转过了头，他更用力地抱住了女人。男人想着要做一件事，一件让自己的快乐自由荡漾开来的事。女人知道，男人想要做什么。

男人一把将女人搀得更紧，灼热的唇就要扑向女人。女人一把推开了男人，说道：“你想做什么啊?”语速很快，男人一惊。

“你……才是我心中想要的女人，才是和我过一生的女人。”男人说，气势磅礴地。

女人后退了一下，碰到了茶几，女人刚才还没喝完的茉莉花茶全洒在了茶几上。女人转过身，双手扶起倒下的茶杯，又一把拉过男人，说：“你看这杯茉莉花茶，本来是多么的香甜，可是，现在，它被打翻了，香甜的茶水全部洒了，你能用这茶杯将茶水全收起来吗……”女人说着，声音越来越轻柔。男人抢过茶杯，就试着要将洒开的茶水收进茶杯，但是，那些茶水早已沁进了房间的红地毯。

女人一个人下楼，男人追了出来。女人跳上了一辆的士，男人傻傻地站着，望着的士载着女人远去。隐隐约约的，从的士里传出了正在播放的歌曲：“有一种爱叫做放手，为爱放弃天长地久，我的离去若让你拥有所有，让真爱带我走……”

男人上了回家的火车。男人看到，这列火车，已经经过一座美丽的城市。

最佳演员

情况万分紧急。华侨商厦门前一名劫匪绑架了一名年仅三岁的小女孩。东区派出所刘新一接到报警电话，立马带着在家警员王波、小梅赶到了现场。

劫匪抢劫商厦一楼黄金饰品，被保安发现，狗急跳墙之时将魔爪伸向了正在吃着苹果的小女孩小小。那时女孩的妈妈正和同伴饶有兴趣地讨论着什么问题。见孩子像老鹰抓小鸡一样地被抢走，妈妈也慌了神。劫匪拿着一把锋利的匕首紧挨着孩子的脖子，好像随时可能刺下去一样，孩子的妈妈晕倒在地。立刻就有人拨打了报警电话。

小女孩不知道怎么回事，一下子吓得大哭起来。

有胆大的人们试着走近，但劫匪丧心病狂似的叫道：“你们再走近，我就和这孩子同归于尽！”人们不再敢靠近，怕劫匪真的做出出格的事儿。王波穿着便衣，和劫匪远远地喊话：“你放过这小孩子吧，我来做你的人质。”换来的是劫匪更疯狂的叫喊，他将小小勒得更紧了。

“我们不仅要解救孩子的生命，更要保证孩子的心灵安全。”所长刘新对在场人员说。刘所长知道，好多被绑架的孩子虽然最后得救，但他们的心灵都不同程度地受到了伤害，有的孩子因此得了终身恐惧症。在场的人听刘所长这么一说，心里也都明白该怎么去做了。先是警员小梅靠近了劫匪，她对小小说：“小小啊，在幼儿园里老师是不是和你做过拍电影的游戏啊?”含着泪的小小听了这话，止住了哭声，点了点头。小梅继续说：“小小啊，我们今天就是在拍电影呢，小小是电影里面最重要的角色，你可不能哭。”

小小一听，又点了点头。谁知劫匪的胳膊用力更大了，他生怕小小被小梅抢走。劫匪一用力，小小更痛了，又哭了起来。小梅又说：“小小啊，你可要和抱着你的这个叔叔配合好啊，不然，这个电影就拍不好了哟。”小小又不哭了。

又有人试着走过来和小小靠近，但劫匪声音更大：“再过来，我就要下手了。”大家只得停了下来。小小的妈妈这时也清醒过来，远远地和小小喊着话：“小小啊，刚才和你说话的阿姨是导演，你一定要听阿姨的话。你身边的叔叔是个很有名的演员，你要和他比一比，看谁是最好的演员。”很多路人见了，也停下了脚步，看着这一出戏。

这会儿，王波和几个路人已经用纸箱巧妙地垒成了个临时阵地，刚好可以挡住劫匪的视线。他们准备在这个临时阵地发起进攻，先使用麻醉枪，必要时用真枪将劫匪击毙。

那边时不时有人和小小搭腔：“小小真棒，小小快成了有名的演员了哩。”劫匪似乎显得更不耐烦了，他的匕首好像随时准备刺向小小的脖子。只听得“砰”的一声枪响，是王波使用了麻醉枪，劫匪应声倒地。小小一脸的惊恐，向妈妈跑了过来。刘所长立马冲了过去，将手铐戴上了劫匪的手腕。

小梅走向小小说：“小小，你是我们演员中最棒的演员。”说着在小小的脸上亲了一口。小小高兴地笑了起来：“小小最棒，小小最棒！导演阿姨，那叔叔脸上为什么有血啊?”“叔叔没有演好，脸上就有血啊。”小梅慌忙说道。

第二天，小小家中来了几个客人。小小认识那个导演阿姨，导演阿姨拿着一张大红奖状说：“小小，昨天拍电影就数你做得最好，所以导演阿姨送给你最佳演员这张奖状。”小小看见和自己搭戏的那个叔叔也走了过来，双手捧着一袋苹果，说：“小小，你比叔叔演得好，这是叔叔买给你的奖品。”小小高兴地跳了起来。小小一看，叔叔手上有手铐，就问：“叔叔，你手上为什么有这个铁东西啊?”

搭戏的叔叔一惊，说：“这是因为叔叔昨天演戏也不错，导演阿姨给叔叔的奖品啊。”小小声音更大了：“导演阿姨，你真好。小小还要演戏，小小还要拿奖状。”

“好，好，导演阿姨会再给你奖状的。”小梅笑着说。一旁的刘新所长也笑了。他觉得，他又发现了一个最佳演员。

遍身罗绮

一圈，一圈，一圈。

钥匙在孔里转了三圈，铜墙铁壁般的防盗门打开了。李天成拉了拉身边的儿子李小小，头向身后的老婆娟子扭了扭：“进来吧。”

“好大的房子啊，爸爸真好，爸爸真有本事，爸爸真是个好爸爸！”才六岁的李小小高兴得跳了起来。小小放了国庆长假，吵着要来爸爸打工的城市，他妈妈就陪着来。娟子也想李天成了，大半年没见了哩。

开灯、换鞋，李天成拉过房门边的鞋柜，找出了三双布拖鞋，一一让老婆和儿子换上。

“爸爸，我要看奥特曼，我要看奥特曼……”儿子又叫。

李天成打开数字电视，调到了少儿频道。

“真好真好，我在家里可以看奥特曼电影了，我可以看电影了。”儿子跳着叫。那电视机，真像电影屏幕那样大小。

“儿子，还有空调，我们也打开吧。”说着，李天成打开了空调。在乡下的旧房子里，老婆和儿子是没见过空调的。

“有些累了，洗了澡睡吧。”娟子不知是有些累，还是有些女人的想法。

李天成就进了卫生间，打开了热水器。

“没有加热，会有热水吗？”娟子问。

“这是太阳能热水器啊，有太阳就有热水的。”李天成说。可是，李天成用手将放出的水探了探水温，却是冷的。

“这太阳能热水器坏了吧？”老婆问。

“不可能。”说着，李天成拨打了一个电话，电话那端传出话来：“是的，那热水器离得远，得放一盆冷水，才有热水的。”李天成“哦”了一声，拿过一大盆子，放了一盆子冷水。这才叫过老婆娟子：“可以了，是热水了，来洗澡吧。”

娟子接过淋浴喷头，开始尽情享受洗澡的快乐。

儿子小小看见了一辆小车子，坐了上去，在房间里骑了起来。转着圈儿，甭提多快乐了。

李天成进了书房。一开灯，那里头全是书，什么四大名著，什么《鲁宾逊漂流记》，应有尽有。但是，他没有去碰那些书，他不懂那些书，他成天看到的只是钢筋混凝土。

娟子洗完了澡，显得更加妩媚了。这不由得刺激了李天成的某根神经。

李天成叫着儿子的名字，让他去洗澡。儿子还想玩：“爸爸，我们的房子真大，我还想玩一会儿嘛……”

李天成就不说话了，儿子永远是第一位的。他就先去洗澡了，他也得试试这太阳能热水器，得感受感受太阳能热水器到底怎样。那在乡下的日子，村子边有条河，夏天的时候，一个猛子扎进去，那才叫一个爽哩。可是，现在，进城十多年了，十多年都没在家乡那条河扎过猛子了，那河应该早干涸了吧。

李天成洗完了澡，儿子也玩累了。李天成就拉着儿子，帮他冲了个痛快。

儿子很快就入睡了。李天成和老婆当然不能睡，那熟悉的事儿，大半年没亲近了。上了床，李天成吓了一跳，那床的弹性太好了，他倒以为坏了哩。他一把拉过了老婆。

第三天的时候，娟子和儿子小小就得走了，回老家去，得坐一天的火车。后天，儿子得上学了。李天成和老婆儿子依依惜别。

老婆儿子刚上火车。电话就响了想来：“狗日的天成，来了老婆就不理哥们了？说说，这三天和老婆做了几次秘密活动啊？”

李天成知道是刘三那小子，同一个建筑队的，十多年的，就和他总在一块。李天成就说：“别和老子瞎磨牙了，上个月你老婆来，你不是住了四晚，四个晚上，比老子还多一个晚上哩。”

“这样吧，老规矩，你老婆儿子来少住了一个晚上，那还得补偿你一百元。”刘三说，“因为，我们这次凑钱替你租房子，多凑了四百元，补偿你一百元，我们还有三百元，今晚我们一起聚个餐吧。”说着，他就挂了电话。

建筑工地七八个熟识的工友就一块到了“好再来”餐馆，点了火锅，加上五六个菜，三瓶老白干，准备一醉方休。餐馆老板的五岁女儿，正拿着本唐诗，抑扬顿挫地念着：“昨日入城市，归来泪满巾。遍身罗绮者，不是养蚕人……”

“这孩子，读着这诗啥意思啊？”刘三大声问。

李天成是读过初中的，他知道啥意思。但是，他也只是摇了摇头。他手中的酒杯，停在了半空中。

褶　皱

男人和女人刚结婚，都是快三十的人了，两人分别都谈过好几次恋爱，这下终于拥有了属于自己的围城。

一走进家门，男人说：“领导安排我到省城出差三天，明天早上就走。”女人不情愿地低下了头，小鸟般依在了男人的怀抱中。男人和女人结婚后住在单位宿舍，一会，宿舍小院的人都知道了男人要出差的消息，就有些老太太们替男人女人打抱不平：“人家小夫妻才结婚几天？就派小伙子去？换个人去不行么？”

男人又说：“是单位财务上的一点急事，非得我去才摆得平的。”男人是财务上的一把好手，不由得对着女人炫耀地说了一句。

男人第二天清晨是坐着公共汽车走的，女人替男人买好了车票，送男人上了车。男人一上车，女人就回到了家，女人还得上班啊。男人一上车，脑子里满是女人的影子。在男人心里，他觉得能找到这个女人做妻子是幸福的，这就是自己的一生伴侣。女人是那种有气质的女人，是让人见了还想看就记在心里的女人。女人的笑声就是一串幸福，天天在勾着男人的魂。男人一想，自己不由得笑了。一笑，不由地撞上了一旁坐着的太婆，太婆小声地说道：“年轻人，是不是想媳妇想得笑开心了哟……”男人就笑出了声，忙着对一旁的太婆说着“对不起”。

男人确实是个财务上的高手，一般的财务人员得三四天做的事，男人不到两天就做完了。但晚上没有回小城的车。男人想想，就在省城还熬上一晚上吧，再想老婆也等到明天再说。男人晚上就逛了下商城，给女人买了件最流行的裙子。

“这裙子啊，虽说价格高点，但颜色正，款式好，更重要的一点，就是不起褶皱。你看，我捏一下，搓一下，一点褶皱没有。”男人买下了裙子后，导购小姐还是来了一番广告。男人心里就更高兴了，结婚第一次出门，肯定要回家给女人一个惊喜。

男人回到家的时候，已是第三天的傍晚。宿舍小院三三两两的人聚在一起，坐在院子里乘凉。见了男人回来，就都不说话了。男人感觉这些邻居看他时有些异样。男人想问，但是还是止住了嘴。进了家门，女人迎了上来，替男人接过东西。男人是有些累了，他洗了澡就上床睡觉。他感觉女人的神情有些不同。

男人又上班的时候，最先收到了一个铁哥们的短消息：你小子真是让女人给迷住了，出差只三天，第二天晚上也要回来亲热亲热。男人一惊，他想起昨天刚进小院时邻居们的眼神。他一切都明白了。到省城出差三天，要说他的心是飞回来了的，三天里，人肯定是没回来的。中午下班，院子里的那棵树下，住在男人楼下的女人王姐在说：“我敢和你们打赌，我住在她楼下，那晚回来的肯定不是平子。”就有人反驳：“不可能，我觉得还是人家平子回来了。”“平子”是男人的小名，院子里的人都这样叫他。

男人挺了挺胸，走了过去，大声说：“王姐啊，这下你就赌输了，我回到自己的家中也要向你汇报啊?”说话的几个人就散开了。男人一脸的轻松。

女人在家里默默地做着清洁，动作依然有些不同。男人就拿出了从省城给女人带回的裙子。一看，在裙子的裙摆处，也许是被挤压的原因，出现了一道明显的褶皱。

男人叫女人：“老婆，专门给你带的礼物哟，请验收啊。”女人一接过裙子，就感觉到了这条裙子的华美。女人的手移到裙摆出现褶皱的地方，手不动了。男人就笑：“导购小姐说我送你的这条裙子不会有褶皱的啊，怎么还是有了褶皱。也没什么的，用熨斗略略烫一下，就恢复原样了。”说着，男人就拿过了熨斗，认真地替女人熨起了裙子。

“你看，你看，熨得多好啊。穿在你身上，一定是光彩照人。”男人将熨好的裙子递给女人。

女人笑了，很甜蜜地。

女人将裙子挂在了衣柜。那件光彩照人的裙子，女人一次也没有穿过。

日子一天天地从男人和女人的生活中溜走。一到夏天，男人就会说：“老婆，你穿那条裙子一定光彩照人。”女人总是笑了笑，说：“一穿，那裙子就会有褶皱的啊。”

男人就不说话了，将女人搂得更紧。

沉重的窗户纸

初冬的凉意刚刚爬上人的脸，人们却早早地套上了冬装。不只是人，就是办公室的玻璃窗儿，也像怕冷似的糊上了一层纸——或是一张平常的晚报，或是一张漂亮的明星海报，反正十来平方的办公室被糊了个严严实实。有领导到各办公室去调查原因，职工们都说天太冷了，糊层纸会热乎些，要不领导您给我们都装台空调呀。安装空调是不可能的，单位有那么多个办公室，甭说买空调，就是有了空调使用时耗电也是不小的开支哩，领导只好不再说什么。

其实，给办公室糊上一层纸，并不真是为了身体上的暖和，人们是为了心理上的暖和。——可以做点属于自己的私事，比如随意地聊天，比如看小说，比如织毛衣，比如嗑瓜子……

偏偏，有一个办公室的窗玻璃没有糊上报纸，这办公室里边就两人，大刘和小芳。大刘是个三十多岁的大男子，小芳是个二十多岁的姑娘。大刘结婚快十年，小芳去年结了婚。两人都只是小科员，两人面对面坐着，守着这办公室快两年了。面对其他办公室糊上报纸的巨大变化，他俩像没看见似的，一上班各做着各自的事儿。其实上班的事儿也并不多，每天一做完那丁点事儿后，大刘和小芳便开始天南海北地聊起来，自由自在，直到下班的时候。

但就有一天，小芳来上班时，发现靠大刘一边的窗户给让一张晚报糊住了。上班时，大刘便带了本厚厚的武侠小说，聚精会神地看起来。小芳一想，是呀，大刘可以看武侠小说，我怎么不能做点其他什么事呢，说给老公织件毛衣的，在家里织了快一年都没有织好，这下不就有织毛衣的时间了？小芳拿过一张前天买的“超级女生”海报，立马将窗户糊了个密不透风。心想明天就可以将没有织完的毛衣带来了。窗户给糊严实了，大刘安心地看着武侠小说，小芳静静地织着毛衣。这几天，风有时还真是有点猛。咣当一声，将大刘和小芳的办公室门给关上了。大刘看武侠入迷，小芳织毛衣正带劲，都懒得去管。谁知，一会儿传来了敲门声，两人眼神交流了一分钟，还是大刘起身打开了门。敲门的是隔壁办公室大张，他是来送份通知的。大刘开门的刹那，大张迅速丢下了通知，口里说着“对不起”慌忙地离开了。

咋了，你脸怎么涨得有点红。小芳问大刘。大刘没有回答，拿了本书，挡在了门口，以免门又被风给关上。

下班的时候，大刘小芳在前边走，后边同事中不知是谁叫道：有个人真幸福啊，回家中幸福，上班时也幸福。紧接着是一阵怪怪的大笑声。

第二天，小芳正准备开始织毛衣时，看见了窗户玻璃露出了条长长的缝隙。她便拿出胶水给糊上了。

第三天，窗户上露出的空间更大了。小芳开始疑心办公室是不是有爱吃胶水爱啃报纸的老鼠，或者有外人进了这办公室。她忙用胶水粘上后，又用透明胶再粘，这下更牢固了。小芳做这事儿的时候，大刘也就站在旁边，可他像没看见似的。小芳觉得不知怎么，大刘这几天话是少多了，和他聊天也很不自在的样子。第四天，大刘当着小芳的面取下了那张糊玻璃的晚报。快下班的时候，小芳也像明白了点什么，取下了那张“超级女生”。下班的路上，又传出了几句议论声。

瞧，人家撕下窗户纸了吧，看你们还说什么？

我们哪，是借糊严实了窗户才热乎点，人家靠的是一颗心在取暖哩……

又上班的时候，大刘在办公室，小芳就不进来，到隔壁办公室去坐一坐；小芳在办公室时，大刘也就出去走走，有一天竟借故上了十多次卫生间。

过了几天，有人看见大刘进了领导办公室，说要求换个办公室。领导说小芳昨天也说要求换个办公室，你们俩人闹矛盾了是不？难怪前几天我看到就只有你们办公室没糊上窗户纸，哎呀，你们就是不会处理同事间的关系……

男人女人和贼

防盗门是开着的，贼不用像往常一样撬开门后鬼鬼祟祟地溜进去。贼进门后，放慢了脚步，轻手轻脚地在客厅里挪动。里面房间的灯亮着，房门虚掩着。肯定有人，快撤吧。贼的脑子里闪过一个念头。但是，贼已经两天粒米未进了，怎么又能无功而返呢？要不，也不会这么大胆地走进来，而要去撬那些家里没人的房门了。贼藏在客厅立式空调机后观察着动静。

“和你离婚!”是一个男人沉重的声音，声音里充满着愤怒。

“离婚就离婚！我还求你不成?”一个女人在喊。

……

接着传出了噼里啪啦的声音，像是拳头耳光的声音，也夹杂着摔东西的声音。一会又传出了女人的哭声，低低的。贼正想着如何下手，忽然，一只小包，一只精致的黑色小包被人无情地扔在了虚掩的门下。

好机会！贼轻轻地用小指一勾，那黑色小包便魔术一样到了贼的手中。贼欣喜不已，急忙退出了客厅，一路小跑着回到了自己的简陋租住地。精致小包，肯定有值钱的东西。贼心里美滋滋的。就着昏暗的灯光，贼麻利地拉开了小包的拉链，抖出了小包里所有的东西。

除了些纸张照片，什么也没有！望着地上的一小堆物品，失望的神色爬满了贼的脸。空空的肚子还在耐心地叫着，贼于是又仔细将物品拨弄了一番，居然发现了一枚小戒指。挺小的，比当年自己送给老婆的那枚还要小，成色也像很纯，但也能换成两顿饭的，贼心里想。贼叹了一口气，拿起了照片，照片上的男人和女人幸福地笑着，男人和自己长得差不多吧，女人比自己老婆要漂亮。放下照片，他随意地拾起了一张纸片，纸片上写着几行字：

翻开相册
就看到你的样子
我的心
是一片云
用我的一生
飘在你的天空……

贼知道这是叫做情诗的东西，他知道这不是一个女人写给男人的，就是一个男人写给女人的。贼又拾起几张纸片，这是情书，当年贼也对老婆写过，但肯定没有这写得好。贼来了兴趣，小声地念着，快要把纸片看完时，已是晚上12点多了。贼懂了，贼也懵了，贼的肚子也不再叫了。贼想起了男人和女人的吵架声，贼就知道自己做错了事。

贼认真地整理好小包，那能换两顿饭的小戒指贼也没留下，原封不动地放进了包里。贼又轻轻地潜回了男人和女人的住处，灯还亮着。防盗门和里边的房门都关上得严严实实的。没有再听见女人的哭声，贼在门外只闻到了刺鼻的烟味。肯定是男人在接连不断地抽烟，贼猜想。贼想把小包就放在防盗门边，但又转念一想，让不怀好意的人拿走了怎么办？那自己不是白忙活了？撬开防盗门放进去吧，要是让男人或者路过这儿的人将俺抓住了咋办？俺这会是送东西的人，不是贼呀……

当，当当，贼一不做二不休敲起了门，先还有点胆怯，接着倒理直气壮了。

开门的是男人，身后跟着女人。

“在你门口捡到个小包，是你们家的吧？”贼说着把小包从门缝里递给男人，头也不回地走开了。

男人和女人打开了黑色小包，抖出了物品，一件一件地翻看着，什么也没少。一会，男人拿起一封信读了起来，那是和女人初恋时女人写的一封信。女人也拿起了男人的一张照片，仔细地看着，那是和男人刚认识的一张照片，照片上的男人真是英俊呀。看着看着，女人又哭了，男人也流下了眼泪。男人望着女人，女人看着男人，男人将女人轻轻地拥进了怀抱。

第二天上午，隔壁张三一遇见男人和女人就问："咋了，你们家昨晚是不是闹贼了？你们也像吵着要离婚?"

"没有没有，真的没有。"男人和女人急忙说道。说完，男人将女人拥得更紧，一齐开心地笑了。

张三是谁

张三是谁?

我是张三。这名儿好，是我爷爷替我取的，据说我爷爷查了好几天的《康熙字典》，才得到这名儿。张者，天下第一大姓，如果建成一小国家，人口数排在世界前列；三者，笔画三横，简明直观，却含意丰富。

这名儿好。前些天，我就接到好朋友李四的电话：“张三啊，恭喜你啊，你家的女儿获得了全省的作文金奖。”我高兴得跳了起来。我又打了女儿学校的电话。学校说，没这事儿啊，那获得金奖的女孩，我们查过，他的父亲的确名叫张三，但那张三是省城的一个作家，那您是那省城当作家的张三吗?

我没了话，我不是作家，我只是单位里的一个普通员工。我也写点小东西，但只是在网站或论坛上发个帖子。我也有些生气，为什么你名叫张三你的女儿就获得金奖？我打开了网络，想看看到底有多少名叫张三的人。

我刚输入“张三”两个字，呵呵，名叫张三的人真是不少。果然，第一条就是“张三”的女儿获得省作文大赛金奖。第二条，民警救助乞丐张三，乞丐张三痛哭流涕。我没有想到，还有做乞丐的张三。这样想着，我的心里也好受多了。我还想着，是不是应该给这个名叫张三的乞丐寄去钱物什么的。

接下来的一条让我有点激动了：市长张三抓好工业一盘棋。张三居然没有想到，名叫张三的人也可以做市长。这个市，还是个省会城市哩。张三就想，几时去这座城，拿着报纸，带着自己的身份证，去找一找这个同名的市长大人，说不定可以有些作用。鼠标往下一拉，又跳出一个张三，好家伙，是天地集团老总，捐资500万元修建了一所希望小学。我就想，这个张三老总，为咱“张三”争了名了，要是有机会，我这个张三就去他的集团去做事，向这个优秀的“张三”学习。下面一条：科学家张三发明了水稻新品种。真想不到，名叫张三的，竟然会有科学家。这科学，我这个张三是一窍不通了。想想，这也是名叫“张三”的荣耀啊。可是，我这个张三去那做市长的张三那，去那做老总的张三那儿，去那做科学家的张三那儿，他们能见我面么？他们肯定不会认识我的。我又想。

接下的许多条“张三”信息，都是与市长与老总与科学家有关的，足足有四万多条。

还有一些信息，也和张三有关：大学生张三，艰苦创业见成效；下岗工人张三，自食其力摆鞋摊；农民张三，发展种植致富……

我就知道，原来世界真大，名叫“张三”的人也是这样丰富多彩。他想打电话给市公安局管户籍的老同学王五，让他查查，全市名叫“张三”的有多少，全省有多少，全国有多少。正拿出手机，王五的电话打了过来：“张三啊，有件事想问问你，昨天晚上，你闹出什么事没有？告诉你，昨天晚上，东城区发生了一起强奸案，犯罪嫌疑人名叫张三，该不会是你吧……”

我一听，手机掉在了地上。我在口中喃喃地念道：“昨天，东城区的强奸案，犯罪嫌疑人是张三……”

我不知道，我的名字是不是叫张三。

让我吹吹你的眼

男人和女人在一个办公室上班。

办公室不只是他俩的办公室，还有五六个人。平时上班，大家没有啥事的时候，你说个笑话，他讲个荤段子，都会笑个几分钟，办公室里的空气也会活跃起来。男人、女人，还有其他的五六个人，都是要好的同事关系，谁和谁之间都没有那如纸一般薄的心墙。

男人这一天中午在家和老婆为菜的咸淡闹了点小矛盾，早早地蹩进了办公室，拿张晚报细细地搜寻着什么。唰——女人飞一般地跑进了办公室。进了办公室的女人，东瞧瞧，西望望，自言自语地说：咋就你一人呀？一个女同胞也没有。

“我吃了你呀?”男人说。

“快，快。”女人说，“帮我看看左眼睛，有只蚊子飞进去了，我刚才就想找个女同胞来看的。”

男人丢下报纸，走近女人，左手接住女人的头，右手靠近女人的眼，拧开了女人的左眼皮。

“没有什么呀。”男人说。

“你帮我吹吹，眼睛怪疼的，胀人哩。”女人说。

男人的嘴靠近女人，对着女人的眼睛，小心地吹着气。

“真好了些。”女人说。女人话音未落，办公室门口传来了吃吃的笑声。

男人一抬头，说：“贾德、吴影，进来吧，我是在帮她吹眼睛哩，她眼里进了只蚊子。”男人一本正经。

贾德、吴影仍然只是笑。

下午上班，也没啥事。有人讲起笑话，扯七扯八地讲，讲男人和女人的故事。笑话讲完了，没有人笑，最爱笑的贾德也默不作声，一脸的严肃。

男人想笑，但没有笑。这故事该不是说的是自己吧，男人想。男人这才想起下午上班前用手摸了女人的头，抚了女人的眼，对着女人的眼吹了几口气。

男人觉得不自在起来。跑到卫生间想要洗手，打开水龙头，手却缩了回去。

下班的时候，男人觉得有好多双眼睛射在他后背上。回到家里，男人随意扒了几口饭，倒头便睡。可是却睡不着，他总听见有一个声音在周围回响：这办公室呀，婚外情的好场所，好多人就是在办公室里接吻，做出那苟且之事的……这声音像是贾德的，也像吴影的，还像是些不熟识的人的。

第二天，男人黑着眼圈去上班，一进办公室就大叫起来：昨天下午，我真的是在帮她吹眼睛里的蚊子，什么也没干。

男人对着贾德，对着吴影，对着办公室的每个人又把这话说了一遍。女人还没有来上班。他想，女人来了，让女人也说说。

可是，女人没有来上班。

几天了，女人没有来上班。

在一次下班的路上，男人碰到了女人，想问问她不上班的原因。女人扭头就跑了。

女人换了一个办公室。

她为什么要换个办公室呢？男人在办公室里拉住贾德、吴影就问。贾德、吴影只是吃吃地笑。

朋 友

窗外的夜色真是浓啊，半颗星也见不着。亮如白昼的路灯似乎在提醒着刘天，时间已经不早了。

偌大的总经理办公室也只剩下了刘天。刘天将嘴上的烟用力地吸了吸，猛地吐出烟圈。他在为着公司的订货会发愁。多年的打拼，他经营的利人服饰也算是个品牌了，他想将这利人服饰品牌做得更好。就在下周，在全国有两个大型订货会。其中在中海市的订货会，利人服饰早就挤了进去，听说订货的消息还挺旺的。这得感谢老同学张三，张三是中海市的市委秘书，他的人脉才真算是广哩。有了张三，在中海的订货会刘天是不用愁的。有了朋友就是好，刘天在心里说。

可是，更大的一场订货会在深地市。这深地市并不大，也一直是利人服饰的旺销地。可是，在深地市还有一家很有实力的里人服饰公司。有了它的竞争，这可从没让刘天睡过一个好觉。更让人生气的是，每次，利人服饰只要有新产品，里人服饰几乎在第二天就出现了类似的产品。刘天就不得不再下命令，让设计师们又开始马不停蹄地设计新款。就在昨天，刘天托人物色到了当今最红的服装模特佳儿，准备让佳儿在 T 台上走上两趟，添些人气。不想，今天上午佳儿就说身体不舒服，请了假。市场部的人说，好像看见里人服饰有人找过佳儿。刘天是越想越生气。有朋友帮忙该是多好啊，不想还出了这种不要命的对手。他不由得叹了长长的一口气。

电话响了，是秘书打进来的：“刘总，我们刚刚得知，里人服饰的老总李四请了一个英国女模来了，还有，他们又设计了一种新款上衣，估计在两只袖子上做文章，故意搞一种不对称样式……”

刘天顿了一下，说："请你连夜召集设计部人员，我来亲自给他们开会，我们要设计出一种更新样式的女装……还有，你明天联系一下京都国际模特公司……"

两场订货会第二天就将同时举行，刘天的心里也有了些谱。中海市的订货，靠着老朋友老同学张三，听说前些天他就替利人服饰打了招呼，那订单不像雪片样飞来才怪。可在深地市，刘天心里就没了底了。那强劲的对手里人服饰，不知又会出些什么阴招数，说不好啊，这次利人服饰在深地市会是一次滑铁卢。不过说回来，在深地的这场订货会，他刘天还是有所准备的。

订货会如期举行，刘天坐镇深地市。果然，里人服饰出了新款女装，单袖。上 T 台的真的是个蓝眼睛的英国模特。订货商一下子都想往里人服饰那边挤。刘天不慌，一挥手，一个金发碧眼的法国模特走上 T 台，穿着一套最新样式的女装。订货商们眼睛一亮，又忙着朝利人服饰挤了过来。

刘天的脸上堆满了笑。他正想打电话问问中海那边的情况，秘书倒先打了过来："刘总，您的老朋友市委张秘书长不见人影啊。"

"那他人呢?"刘天急了。

"听说，听说前天就不见他人了，说是省纪委有人将他给找去了……"

订货会结束时，秘书将订货情况向刘天汇报。深地市订货会，利人服饰与里人服饰平分秋色。中海市订货会，只有不多的三张订单。

"刘总，为了利人服饰以后在中海的市场，您是不是应该再给老朋友张秘书长打个电话?"秘书又说。

刘天点燃了一支烟，慢慢地说："不慌不慌，你先替我找到一个朋友的电话号码，他是我们真正的朋友。"

"谁?"

"里人服饰老总李四。"刘天说着，吐出一个大大的烟圈。

喝酒的二根

“翠花，上酒。”二根端坐在矮桌边，像一尊菩萨样。

女人就端过一碟黄豆，或是油炸花生，有时也有一盘鱼块。然后拿起酒壶给二根倒酒。女人当然是二根的女人。

二根心情好的时候喝酒，就会“翠花翠花”地叫，有时还会唱一声“翠花我的婆娘”，那最后一个“娘”字拉得特长，像升上了半天云的鸽子一样，一会瞧不见了影子。也有心情不好的时候，二根就会骂“不要脸的东西，快给老子倒酒”。但翠花不管二根叫她什么，炒上一两个菜，就会机器人一般走过去给二根倒上一杯酒。

二根喝酒，每天喝，每餐也喝。酒是从村头小卖店买来的散酒，常年用个黑不溜秋的酒壶装着。这陶瓷的酒壶是二根的爷爷传下来的，从来没有洗过；也不知能装上几斤酒，反正酒壶空了就会满，满了呢，三五天就会空。

“你天天喝，餐餐喝，咋就喝不饱哩?”婆娘见二根脸上漾着笑，就会问。

二根就笑：“我今儿个高兴哩，我得意，我就得喝。”

“天天得意？昨日不是你是病鬼样?”婆娘的嘴也不饶人。

“那我就是在借酒浇愁啊……”二根说着又喝下了一口酒。

“那大前天，你不高兴不心烦不也在喝?”婆娘反问。

“娘的啊，我没啥事不喝酒，那我做什么去啊？这时我就抱着你上床啊?”二根借着酒劲说。

要是婆娘还想说，二根就真烦起来：“娘们懂个屁！喝了酒，男人就真是男人了，不喝酒的男人啊就成了阉过的公鸡。你年水哥不喝酒，成天病恹恹地，像一个鸦片鬼。我喝了酒了，你才知道我的厉害……”说着就想去捉翠花胸前一对兔子样的大奶，翠花早跑得远远的。

这天读高三的儿子小天回来了，在家中复习功课，为一个月后的高考准备着。儿子回来二根也高兴，还叫上了小山，两个人开始推杯换盏，一人喝了一大碗酒。

“还喝不？”小山问，斜着眼看着二根。

“喝！再来一碗。”二根说。二根就去抢那黑黑的酒壶。一拍叮当响，酒没了。二根这才想起这壶酒已喝上四天了，不空没有道理。买酒的事从来不让翠花去做，他担心婆娘买假酒。二根屁颠屁颠地抱了酒壶往村头跑，一会就抱回满满的一壶酒。

“满上！”小山大叫。二根抱上酒壶，一人倒上了一碗。第二碗喝了一半，两人的话也更多了。

望着里间复习备考的儿子小天，翠花叫：“你俩快点喝，喝够了没有？少说些话。”

“喝酒，醉酒，说话，是一种享受，懂吧婆娘？”二根醉醺醺地说。

“嫂子，你——不懂的。”小山的舌头打颤，说。

两人端起酒碗，碰。手都没拿稳，碗掉在了地上，酒洒了一地。

翠花转身，拿过一个碗。

二根就要站起来去接，被翠花按住了手。

翠花用一只手提起了酒壶，对着酒碗，倒上了满满的一碗酒。

咕嘟一声响。翠花一只手端起酒碗，将满满的一碗酒倒进了喉咙。

翠花又提起酒壶，倒了一碗酒。翠花双手举起碗，缓缓地将酒送到了嘴边。

二根和小山站了起来，额头上全是冷汗。

翠花喝下了第二碗酒。

第三碗！酒碗放在桌边，翠花蹲下身子，用嘴轻轻地吸了个精光。黑黑的酒壶立在矮桌上，张开着口，那壶里的酒，只能浅浅地盖住壶底了。

小山跑回家去了，二根哑巴了一样，一句话也说不出。

翠花拿起锄头，下地锄草去了。

第二天炒了菜，翠花正准备给二根倒酒的时候，那黑黑的酒壶不见了。二根自己盛了碗饭，不停地朝口中扒饭。

二根实在想喝酒的时候，就趁翠花不在家时，用小酒杯在酒壶里一下倒一小杯出来，小心地抿上几口。

那浅浅的只能盖住壶底的酒，二根喝了一个多月。

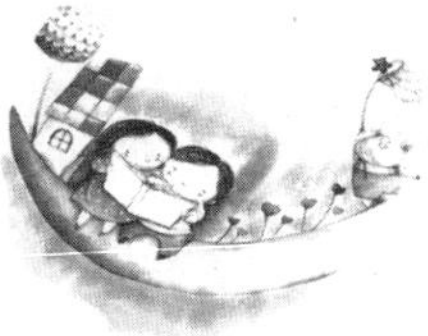

二楞老师

村里小学校差老师，二楞就成了个老师。

小山子就不高兴了：“村长，为啥二楞能做老师我不能啊?”村长用手捻了捻下巴上不多的胡须说：“你个狗日的石磙都能抱得起，还不老老实实干活？那二楞，一阵风能将他吹到天上去，一餐吃不了两碗饭，你说他不做老师还让你去做?”

二楞上课不备课。铃声响了，他就夹一本书进教室。书放在讲台上，是正还是倒他也不管。开始上课了，他就和孩子们扯家常。三十多个孩子，将眼睛睁得大大的，将耳朵用力地竖着。二楞就问小天：“你爹娘昨日打架了没有？哪个打胜了?”

“当然是爹。”小天站起来大声说，“爹的力气大，将娘压在了身下。”

二楞听了一笑，按着小天的肩膀叫他坐下：“以后要发言的，就坐着在位子上说，不要站起来了。”

二楞还问小花：“你家的母猪上个月下了猪娃，都卖出去了没?”小花就坐在座位上说：“还没哩。十二只猪娃，还有三只没有卖出去。”

“这也好。养猪娃也赚钱，你爹也很会打算的。”二楞说。

三狗子又要上厕所了，二楞就拎住三狗子的耳朵问：“你今天吃的啥好东西，跑了五六趟厕所了?”三狗子不回答，手里捏着团纸跑了。见着三狗子跑，二楞也拿了团纸：“你们自个儿说会话，我也去去就来。”说完一溜烟地跑到了厕所。

老师们要听二楞上课，二楞也不拒绝。但他这回就不和孩子们乱扯了。他讲一个句子：我们共同祈祷美好的明天。他领着孩子们读：“我们共同斤寿美好的明天。”有学生在下边小声地嘀咕：“这个词不念斤寿，老师只念了半边。”“念不念斤寿，午饭时我查了书再来告诉你们。”二楞一本正经地说。

下午又上课，学生就问：“老师，那个词咋念哟?”二楞早将查书的事忘了个干净，一听这话，就说：“那，我们继续念斤寿。”于是，全班师生一起念：“我们共同斤寿美好的明天。”

没有人听课的时候，二楞除了和孩子们扯家常，还教孩子们练气功。“这是我发明的气功。”二楞说，“不信，请看我单手劈砖。”说着，他用手掌用力地向事先准备好的三块青色砖块劈去。三块砖就成了六块了。孩子们一齐鼓掌。

二楞也教孩子们作文课。他让孩子们写“我的爸爸”。孩子们一会就写完了，他就一篇篇地在课堂上念。他念了小花和三狗子的作文，就要念小月的作文。小月的爸爸十几天前遇到车祸，死去了。二楞念：“……爸爸去世十多天了，我每天想爸爸。我每天放学都会拉着爸爸仍然挂着的衣裳叫爸爸，我觉得空洞洞的袖子里，还有爸爸的手……”

听着听着，孩子们觉得听不到声音了，隐隐约约地传来了哭声。孩子们抬头，看见二楞泪流满面。孩子们的眼睛也红了，有的开始哭起来。二楞将那张作文纸往讲桌上一丢，就趴在了讲桌上，号啕大哭：“狗日的旺才，你怎么这么狠心就走了啊……”旺才是小月爸爸的名字。

二楞只给孩子们带了一个月的课。因为村长听人说二楞上课不讲课，又让二楞回家种地去了。

但是，直到成年，小天、小花、三狗子、小月他们三十多个孩子只要一遇到二楞，总会恭恭敬敬地叫一声“老师”。大学毕业后的三狗子、小月每年都会提着烟和酒来看望他们的二楞老师。

为儿子作证

刑警老曾光荣地退休了。老曾做了快四十年的刑警，侦破了大小案件一千多件。在市里公安这条线上可是个响当当的人物。好多破不了的案子，一交给老曾，不过几天，嘿，就给整出了眉目。再将搜到的几个证据一串联起来，让犯罪嫌疑人心服口服，让刑警们佩服得也是五体投地。

退休了的老曾多想在家抱抱孙子，可三十好几的儿子曾平还没结婚。孙子是抱不成了，谁知，三十好几的儿子还倒给他带来了件案子。听市刑警队的王队长介绍，是在上个月的一个周末，曾平和几个同学一起到糖果屋酒吧娱乐，酒喝了不少。邻桌的也是几个年轻人，酒喝得比他们还要多。不知是谁的酒水喷在了谁的衣服上，然后就动起了手。打来打去，对方的一个叫李子的青年居然当场被打死了。既然出了大事了，曾平这边的几个同学，都开始你推我我推你，都说没有打死李子。好在糖果屋酒吧还有摄像头，警方立即调看了当时的画面。因为当时光线很暗，看得不是很清楚。但还是可以看出李子最后被打死时是两个人用脚踢的画面。那两个人，根据在场人的回忆，就是曾平和张力。

死者的死因经法医鉴定，确认为头部因受外力撞击引起内出血所致。那么曾平和张力这两个人，究竟是谁最后用脚踢李子的头部呢？曾平说不是自己，张力也说不是自己。摄像头因为光线太暗，这个画面根本看不到什么了，只能看见有两个人当时站在死者身旁。

王队长向老曾说这些话的时候，不时看看老曾的脸色。他是多么希望退休的老曾这时也能参与进来，和刑警队一起破案。但是这不可能的，至少要回避啊。

“我想要一份拷贝的摄像头画面，可以吧？”老曾对王队长说。

“这完全可以，因为这摄像头画面是要公开的。”王队长也答应了。王队长知道曾平在老曾心中的地位，老曾的老伴去世早，他的下半生是要靠曾平的。

死者家属将曾平、张力及参与打架者一并告上了法庭，请求法庭严惩凶手。曾平、张力各自请了律师为自己辩护，证明自己不是最直接的凶手。已经开庭两次了，都没有什么结果出来。法庭也不好下定论，因为没有直接证据。再说，他们觉得，他们还有一个对手，那就是做了四十多年刑警的老曾。谁又敢乱下结论呢？

老曾从王队长手中拿来摄像头资料后，成天坐在电脑前，看那摄像头拍摄的画面。当天，他一下子就看了一百多遍。然后，又是每天都看。那几分钟的画面，老曾看了至少两千遍。有不少的好友来看望他，他也不理睬。有几次，老曾居然看得流出了眼泪。

第三次开庭的时间就在第二天。

法庭上，各方律师依旧在为自己的当事人竭尽全力地进行辩护。老曾这次没有到场。曾平这次请到的是全省最优秀的胡律师，胡律师大胆地推想了多个情节，在法庭上一一陈述，证明真凶不是曾平。旁听席上的人们心中大都有了底，肯定是曾平做刑警的爸爸授意这么做的。人们知道这个案子会怎么判了。

在张力的律师竭力陈词之后，法庭准备休庭之后进行宣判。这时，一个声音从外面传了进来：“请求不要休庭，我有话要说。”原来是老曾来到了现场。

“最直接凶手肯定是曾平！”是老曾的声音。

现场一片哗然，都以为老曾是吃错了药。

“法庭是不能随便讲话的。请说出证据！”审判长威严地说。

“我的儿子的身影我不清楚？”老曾说。

“那就认定是你的儿子了？”审判长又问。

“当时靠近死者头部的人有两个，一个没有什么动作，他的脚即使踢向死者，也不会有太大的力；另一个是用左脚拼命地在踢向对方。一般人的左脚是没有多大力量的，能用左脚给人以致命打击的，只能是曾平。

因为，曾平，我的儿子，天生是个左撇子，左手力大，左腿力更大……”老曾语调很轻，但分明有了哽咽的声音。

案子很快就判决了。

之后的每个月，城东监狱的门口，人们总会看到，有一个老人，提着大包小包的东西，说是要来看儿子。那个老人，身体似乎有些驼了，但精神健旺得很。

碰　撞

丁三下午去上班，让小车给撞了。

丁三骑的是一辆红色的电动车。当时买车时老婆就建议：买红色的吧，吉祥，在路上显眼，不会出事故。可不会出事故的红色车还是让黑色的小车给撞了。那会，绿灯刚亮，丁三在十字路口过马路，谁知从右边杀出了一部黑色的小车，像支黑色的箭直向他射来。丁三紧急地加了下油门，但还是让那只黑色的箭给射着了。

丁三和红色的电动车一块倒在了地上。倒地的瞬间，丁三觉得自己还活着。丁三一阵高兴，前些天常听说什么富公子官二代撞死了人就逃的，自己被撞了还活着就是一种幸运。但他立刻看到了那部黑色的车，是一部奥迪。丁三买不起车，他还是认识小车的牌子的。那奥迪的右前灯撞破了，右前边刮去了好大一块漆，花白花白的，很是刺眼。

一个念头很快在丁三的脑海中闪出：撞了小车自己可赔不起的。昨天一则新闻，一个小孩无意中用小石子击中了一部车，让车主好一顿打，还叫来孩子的家长赔了三千元钱。

丁三觉得胳膊和腿有些疼，但他还是站了起来。

黑色小车的驾座上下来个人，瘦高的个儿，黑黑的脸，说："我开快了些，你也有些快。"

丁三不好说什么，一声不吭地看着小车的右前灯，和那一大块花白的漆。

"这样吧，给你两百元，你去修修车。"瘦高个儿说。

丁三这才缓过神来。瘦高个从衣袋里抽出两张百元钞票，塞在了丁三手中。

“我……我认识你。”丁三开口说了句话，他有些结巴了。他真认识这瘦高个儿，姓匡，是个局长，在电视新闻上不止一次地看到过。

瘦高个儿也低声说：“哦，你……认识我。”说着，又抽出两张钞票，塞进丁三的衣袋。

“我没事儿。”丁三说，很流畅的语气。瘦高个儿这才上了车，一溜烟地走了。

丁三像在做梦。他扶起了电动车，看了看，尾灯被撞掉了。他又活动了一下自己的腿脚，照样灵活，只是有一点点疼。

“怎么会这样呢？”丁三又想，“我还没来得及说自己的理由哩，比如，可以说他超速行驶，他可能又会抽出两张钞票。我还可以说他是闯红灯，他肯定会又抽出两张钞票，也许是四张……”

但是，丁三自个儿摇了摇头，他丁三不是这号人。丁三又骑上了电动车，走在上班的路上。他还在想：我这是做什么啊，修个尾灯不过二三十元钱，他给了我四百元，这是什么钱，我不能得这个钱，得了这样的钱，会让人瞧不起的。丁三就这样拿定了主意，一会上班报到后去还钱。他知道匡局长的单位。

丁三骑着电动车去找匡局长。在门口，让门卫拦下了：“匡局长有事，他太忙了。”

“是这样，我中午和他撞车了，他给了我四百元钱，我没有什么损失，我不想得这种钱，我想还钱。”丁三说。

这下门卫来了兴趣，就联系办公室主任，让主任向匡局长报告。几分钟后，主任出来了，对丁三说：“你搞错了吧，我们局长中午根本没有开车。”

丁三听了这话，就怀疑自己是不是记错了人。正想离开，有人从办公大楼里走了出来，走在最前面的正是那瘦高个儿。丁三忙迎了上去：“匡局长……”

“你是谁啊？你认识我？”匡局长说。

“我是……”丁三不好回答，他从衣袋里掏出了四百元钱，说：“这四百元钱，还给您，你撞了我，我真没事。”

匡局长看了看，对身边的人说：“我中午开车了吗？我中午一直在办公大楼里呢。”丁三眼睛一亮，看见了办公楼前的奥迪，右前灯被撞破，右前方被刮走一大片漆，很是显眼，就说：“匡局长，那……车还在那呢。”

“那？是我们局里司机刘师傅前天让一骑摩托车的小伙子给撞坏的，那小子跑了，要是找着了，得让他赔三千元哩。”匡局长说着上了车，一阵风似的走了。

剩下丁三呆呆地立在那儿，一动不动。阳光下，他看见那小车被撞破的右前灯，好刺眼……

面　具

男人和女人一直冷战着，已经有两个月了。

男人和女人结婚才三年，他们也想到过离婚，但没有谁提出来。因为，他们曾经经历了长达七年的恋爱长跑。可是，很多问题，都是结婚后才显露出来的。即便他们现在没有小孩，两人已感觉到生活的烦恼像千百只苍蝇样叮着自己。

就这样僵持着，两人偶尔也会说上一句话，那词语也是冰凉冰凉的。你不管我的生活，我也不会对你的生活多说一句话。

这是一个周末，男人有一个聚会，女人也有一个活动。男人忙着换上了新买的西装，系上了鲜艳的领带。女人也换了发型，穿上了多年前爱穿的丝袜。

男人走得急，一是聚会的时间就要到了，二是因为这次聚会与以前的聚会大有不同。这次聚会是这座城里最有人气的网友“幸福生活”提倡的，聚会的主题取名叫“面具”。“幸福生活”在网上说：“在那个关上灯光的夜晚，黑夜笼罩着我们，我们一起来戴上面具，一定会寻找到自己心中的有缘人，找到自己的意中人……”男人就是看了这样的广告词，才想着参加这次聚会的。

男人想找到自己生命中真正的有缘人。

聚会的人们一个一个到来，先在服务台领取面具和大长衫。戴上面具，穿上长衫，才能进入大厅。男人走进大厅的时候，灯光已在女主持人的声音中慢慢熄灭。男人找了一个座位坐下。女主持人甜美的声音又响起：“各位朋友，我们所在的大厅，已经请人格外做了一下布置，设计成了迷宫样式。今天夜晚，各位朋友只要按我们的要求来做，你一定可以找到自己的有缘人，找到自己的意中人，倾诉心语，畅谈生活……”

“请喜好红色的先生向左走十步，请喜好蓝色的小姐向右走二十步……”主持人说。人们站了起来，一声不响地听指令。

“请抽烟的小姐后退三步，请喝酒酒量过半斤的先生向前五步……”

“请乐意下厨的先生原地不动，请爱好打乒乓球的小姐向前十步……”

……

参加聚会的人们听着指令，男人也不例外。也不知道向前向后向左向右变化了多少次，主持人说：“现在请所有的先生们朝前走，走到你所对应的小门，打开门，门里一定有你的有缘人。”男人朝前走，打开了自己面前的一扇小门。

“好了。先生们，小姐们，拿起你耳边的小话筒，这个话筒可以调整你的音质和音量使你的声音变化，然后你们就可以对话了。什么时候打开小门边的灯，什么时候摘下面具脱下长衫，或者说不开灯不摘下面具不脱下长衫，都由你们自己做主。”主持人又说。

男人调整了一下自己话筒的音质和音量，对着面前的小姐，先开口了：“你好！我很高兴，我们成为有缘人。”

“你好！我也很高兴，我们成为有缘人。”对面的小姐也说话了，声音甜甜的。

“我们说点什么好呢？”男人说。

小姐想了一下，说：“我觉得你有一种文学气质，我们先从普希金说起吧。”男人想了想，这正是自己的强项哩。于是，男人轻声朗诵了普希金《致大海》的第一节：“再见吧，自由奔放的大海！这是你最后一次在我的眼前，翻滚着蔚蓝色的波浪，和闪耀着娇美的容光。”小姐听了，接上了第二节：“好像是朋友忧郁的怨诉，好像是他在临别时的呼唤……”

一会，男人又说：“我们能不能再说说泰戈尔呢？”小姐就笑了：“刚好，我也想说说这个长胡须老头呢。”两人又开始你一句我一句地说起来。说完了，小姐说：“那老头到中国时，还有个风流倜傥的才子陪着哩。”男人知道说的是徐志摩，两人不约而同地开始朗诵：“轻轻地我走了，正如我轻轻地来……”

男人想起了徐志摩，倒有些伤感。小姐就说："那我还来朗诵一首诗吧。宁愿是一坛酒/窖藏/经年之后/会是一片芬芳/宁愿是一颗芽/冰封/春天来临/会是生机盎然……"

小姐还在朗诵，男人似乎更伤感了。小姐正在朗诵的这首诗，是男人的作品。男人的这首诗，只对一个人发表过，那就是和他一块恋爱长跑的女人。

好在各房间的灯这时同时亮起了，原来是室内统一活动的时间到了。男人起身，看到门边上有一行字：同船过渡五百年所修，夫妻两个人，其实是修了千年的有缘人。

小姐也起身，轻声地问男人："咱们下面的单独活动时间怎么办?"

男人顿了一下，说："对不起，真的对不起，我想起还有件急事要办。谢谢你了，我的有缘人。再见。"

男人走了，身后的小姐泪流满面。这个男人的气味，她怎么可能不熟悉呢？她闻了十多年了，人再多，她也是能够找到他的。

男人回家的时候，女人刚刚睡下。男人躺在沙发上，点燃了一支烟。

锋利的刀D

大强刚泡好一杯龙井茶，正准备坐在客厅沙发上边品茶边看电视的时候，门铃声响了。今天是星期天，妻子小娟带着5岁的女儿甜甜上午就回娘家去了。

会是谁呢？一边想着大强就打开了门。

伸进一把菜刀，明晃晃的。

大强一惊。

接着闪进了一个30多岁的男子，手中拿着一把刀，身上背着一个黑色旅行包。他将手中的菜刀又晃了一晃，那光真有点刺眼。

大强慌忙掏出了衬衣里的300多元钱，丢在了客厅茶几上，他想如果主动一点，损失就会减少的。

男子满脸污垢，很是凶恶的样子，尖尖的下巴上的胡须特长。

大强忙着掏出了手机，又放在了茶几上。男子见了，口里嗷嗷地叫了起来。大强这才知道他是个哑巴。如今入室抢劫的好多都是聋哑人，不想今天真让自己给碰上了，大强想。

嗷嗷叫的男子又拿菜刀晃了一下，朝大强走了拢来。大强连忙后退，打开了书桌的抽屉，拿出了抽屉的三叠人民币，是准备让妻子小娟去办美容年票的3000元钱。钱，又放在了茶几上。

男子的目光朝整个房间扫去，仍然嗷嗷地叫着，他将黑色旅行袋搁在地上，准备拉开袋子的拉链。大强知道男子要装东西了，忙着又将电脑桌上的数码相机递给了男子。

“请拿走这些东西。……不要……伤害我。”大强说了一句话。

男子不再嗷嗷地叫了。大强猜想他一定同意了自己的做法，于是他便将茶几上的东西——手机，3000多元钱，还有数码相机一一装进了男子的黑色旅行袋。

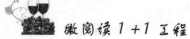

门，呯地关上了。大强这才松了一口气，他真是庆幸今天的做法，不然真不知会是什么样的结果。他这才想起得给妻子打个电话让她回家。

妻子小娟20多分钟就带着女儿赶回了家。还在家门外，小娟大叫起来："大强，你神经有点问题吧，怎么把家里的东西搁外头?"

大强慌忙出门一看，房门边立着个黑色塑料袋，袋里全是刚才自己装进的东西——手机，3000多元钱，数码相机。只是，多了个字条，上面写着：兄弟，我的菜刀刀口很锋利吧。东西还给你，告诉你，我只是个推销菜刀的聋哑人。

大强一阵苦笑。

"爸，老师说，遇着坏人可以打110呀，你为什么不打?"5岁的女儿大声说。

枪毙

市法院门口又张贴出了张大布告。布告的内容大家都知道，肯定是什么什么案件判下来了，谁谁要判刑了，还有就是哪个就要被验明正身押赴刑场了。布告一贴出来，门口就围满了人，有菜场里卖小菜的胡大妈，有区政府机关上班的王科长，有曾经小偷小摸被抓的二狗，还有更多的像我一样没有职业的四处飘荡的游民。

布告的内容有三个人。一个是贩毒的，量多，毫不犹豫，判了死刑。一个是拐卖婴儿的，领了十年有期徒刑。还有一个是强奸犯，姓李，强奸了个九岁的小女孩哀哀，小女孩就是他邻居家的孩子，姓李的被判了个无期徒刑。

“这个狗日的判轻了，应该枪毙才好。”是二狗子在大声说话。

“是的是的，这个该刀杀的，砍了他的头才好。”胡大妈接着应道。

“人家量刑也是有标准的，怎么会糊涂官打糊涂百姓呢？”王科长有经验地说。说着，还扬了扬手中的小公文包。

“我们应该去看看这个叫哀哀的小女孩才好啊，多可怜的小女孩。”胡大妈说，眼里好像就要落下泪水一样。这话一出，二狗子就应了：“好的好的，我们来凑点钱，一块儿去看看，愿去就去。”

于是，叫了辆的士，一起上车。我也上了车。我和胡大妈、二狗子挤在后边，王科长坐在前面。王科长转过头来对我们说：“今天这车费我出了啊，不用大伙凑……”的士师傅听了我们的目的地，说：“算了吧，你们不用出钱，我送你们去，也算了尽了点力。”我心里想，这世界上还真是好人多啊。

爱民路12号是小女孩哀哀的家。

房子不大，是那种老房子。屋子紧闭着门。“看来要吃闭门羹了哟。”我说。

“不慌，我来。”胡大妈说。胡大妈先下车，上前敲门，轻轻地。好一会儿没人应声，正在准备转身时，门“吱”地开了，露出张满是皱纹的脸：“你们有什么事吗？”

“我们想来看看哀哀……”胡大妈说。

“哀哀不在家。”那张脸就要关上门。胡大妈上前一步，递过我们刚才凑的二百多元钱：“这是我们的一点小意思，请您收下吧。”那张满是皱纹的脸就又打开了门。

那张满是皱纹的脸说：“对不住啊，孩子出了这么大的事，我们不想让孩子过多地被打扰。我是孩子的奶奶，我也是有很大责任的啊，我不应该让孩子老上那禽兽家里去玩啊……”奶奶脸上满上眼泪，顺着沟壑般的脸哗地流了下来。

我们都下了车。王科长接过话：“是的是的，奶奶您也别在心里自责了。现在一定会严惩罪犯的！”

“孩子的爸爸妈妈为了这个案子，家中的什么东西也变卖了，难呀……”见我们没有恶意，奶奶又说，“其实孩子也在家里，你们看看也行。”

我们四人，蜂拥而进。孩子躺在后边小屋子里的小床上。我们进去时，她没有一丝反应，脸上似乎一点血色也没有。

“孩子，你还好吧……”还是胡大妈先开口。话还没说完，她倒先哭了起来。二狗见了，也上前去，拉着哀哀的手说：“小妹妹，不要哭啊，你还要生活下去哩。”说着，也耸了耸鼻子，像要哭一样。我和王科长也走上前，拉了拉哀哀的小手，手真小，握着像没有握一样。小女孩瑟缩了一下，证明我们的到来她是知道了。顿了一下，王科长说：“哀哀，开心点啊，要不，你就给我们讲讲，你是怎么遭那禽兽毒手的？”

“是啊，哀哀，你就给我们讲讲吧，好让我们替你出出气。”胡大妈没有再哭，声音大了一些。小女孩又瑟缩了一下，眼睛睁了一下，又闭上了。她奶奶见了，替小女孩拉了下被子，眼里的泪珠就更大了，滴在被子上，打湿了被子。老奶奶抹了下眼泪，开始哭诉起来：“那天孩子做完了作业，照例去……那禽兽家里玩，平常……她也是去的，平常……禽兽家的十多岁的小子是在家的，但那天没在，禽兽……就下了毒手……”

“就在他家里吧?”胡大妈又问。这也是我们都想问的问题。

“是的啊……”奶奶的哭声更大了，忙着将我们带到了前边屋子里。我转过头，看见哀哀的眼角有大颗大颗的泪珠，但泪珠怎么也滴不下来，像凝固在了眼角一样。

“奶奶，那禽兽做这样的事是不是只发生了一次啊?”王科长又问，像一个大法官的样子。

“哪里哟，那一天里……就发生了两次……”老奶奶泣不成声。

二狗还想问几个问题，但他觉得奶奶哭声太大，回答的声音根本听不清楚，就没有说下去。我们走出了哀哀的家。临出门，王科长又掏出了钱包，抽出几张人民币，塞进了老奶奶的手里。老奶奶口里不停地说着“谢谢”，她说“你们这是第二十几拨人了”。我一听，真觉得天底下还是好人多啊。

又叫了辆车一起走，在车上，我们几个都愤愤不平，说非得建议判那禽兽个死刑不可。王科长还将车门捶得嘭嘭响。

第二天，我闲着没事，就又去了法院门口，看到胡大妈在，二狗在，王科长一会也来了。又看到居委会的张大姐，吆喝着几个人说：“这小女孩太可怜了，咱们去看看她吧……”说着又有几个人上车往爱民路走。

后来的几天，我没事的时候就往法院门口转转。总能看到前往爱民路去看小女孩的人们。

天底下真是好人多啊。我在心里又叹道。

没过几天，我接到住爱民路表哥的电话：“哎，知道不，今天在我们这儿的一个水塘里发现了一具女孩尸体，很像那个叫哀哀的女孩的……”

这小女孩，那么多人去看她，怎么会死呢?我一点也不相信，脑子里悬着个大大的问号。

别把穿衬衫不当回事

星期一上午一上班，郑武就觉得有点不对劲儿。特别是办公室主任王明的那眼神，从郑武刚踏进办公室起就显现出了愠怒之色。

我从没得罪王主任呀。郑武寻思。我一个既普通又平常还有些老实巴交的办公室正宗的办事员，咋就让王主任看着不顺眼呢？何况，我今天上班穿的是件名牌衬衣，就是影星陈道明做广告的那种，利郎商务男装系列，400多元一件，在这小县城穿穿，也算气派的了。

这是咋了？郑武百思不得其解。

一道深蓝的光从眼前掠过。郑武一抬头，是张局长走过办公室。郑武一抬头不要紧，要命的是张局长身上的那道深蓝色的光是从衬衣上发出来的，准确地说是从和郑武一模一样的那件利郎高级商务衬衣上发出来的。

郑武心中明白了八九分。怪不得王主任看我办事员郑武不顺眼哩，原来是因为我和张局长穿了件一样的衬衣。

深蓝色的张局长一闪而过，又折进局长办公室。这办公室里王主任和郑武四目相对，王主任的眼里像要喷出火似的，郑武知道那是怒气。郑武也不知所措，不由得自责起来，在心里骂着那讲面子的老婆，为啥要买这样一件所谓的高档衬衣。

“你今天不用在办公室整理材料了，到白水乡去调研农村水产养殖情况。”王主任忽然发话了。

白水乡是全县最偏僻的乡镇，坐车就要坐上半天，再说要调研水产养殖情况，这也不是一个人能做得好的事。郑武猜到这是对他的惩罚了。谁让他穿了和局长一样的衬衫呢？

郑武一声不吭，像犯了错误似的，拿了公文包就准备往外走。也许是一种解脱呢。郑武在心里说。

“哟，郑兄买了件高档衬衣，利郎牌的，好呀。”隔壁办公室大李不知啥时溜了进来，和往常一样扯开了嗓门。

王主任不作声，郑武也没话说。大李自个儿看了看郑武的衬衫，说，郑兄的利郎是件假的吧，颜色一点也不正，你没见张局长穿的那件吗？就像天空那样蓝，一点杂质也没有，我说你的是件冒牌货呢。

郑武马上回过神来，说：“噢，是的是的，我家里的那口子还会给我买那贵的衬衣？就是在‘大甩卖’专卖店买的。”

哦，难怪，我也看着不像是正牌货。王主任接过了话茬，脸上一点愁云也没有了。

郑武站起身，拿起公文包走出去，王主任叫住了他，今天就别去了，明天让张局长带我们局里人一起去调研……

下午快上班的时候，郑武想肯定是要换件衬衣了。他先想换件新买的纯白衬衣，拿了拿又放回了原处，拿起了去年常穿的那件黑T恤。他想，让张局长不穿白衬衫时他再去穿才好。

果然，下午上班时，张局长也换下了深蓝色利郎衬衣，穿了件纯白的。郑武心里一惊，庆幸自己没有穿那件纯白衬衣。

“上班早呀。”张局长礼貌地和王主任、郑武打起了招呼，然后走进局长办公室。王主任和郑武对局长笑了笑，然后各自找了张报纸，急切地寻找着社会新闻版，总想找点共同议论的话题。

郑武不再穿那件深蓝色利郎衬衣。

那件深蓝色衬衣，张局长再没有穿过。

原来你是同伙

秋的夜色似乎来得早。还不到六点，夜已经张开了它的臂膀，给这座小城披上了层黑纱巾。我静静地坐在车上，等着六点整，班车发动。车上还有十多个乘客，都有些焦急的样子。有的无心地望着车窗外，有的有一句无一句地小声地交谈着，有的一支接一支地抽着烟。那烟头的火一闪一闪地，让人更觉着急了。

就在前两个月，准确地说，是六十四天前，我也在这个小车站等车。那几天，还是夏日，晚六点之前，太阳还高高地挂在天边。大白天等车，更是无聊。几声锣响，打破了这无聊。原来是有人打开场子玩起了小杂技。发车时间还早，车上的乘客一下子涌下车来。玩杂技的是一大一小两个男孩。大的不过十三四岁，小的大概只有八九岁。虽是夏日，两人还穿着厚厚的夹衣。显然，他们是没有合适的单衣更换。厚厚的夹衣上全是大块小块的黑斑，和男孩那黑黑的脸蛋黑黑的手倒很是相配。两只眼睛一眨一眨，两个男孩几乎成了黑猩猩一样。两只黑猩猩很热情，先是小家伙敲着破锣，大男孩表演骑单轮车；接着大男孩敲锣，小家伙表演三个小球的小魔术。一个节目完了，两个男孩又不停地给大家打躬作揖，然后小家伙拿出个破碗，请大伙赏钱。走了一圈，小男孩一个子儿也没有得到。两个男孩就又开始表演起来。小家伙吃力地表演双臂提水桶，大男孩就很别扭地表演竹篙舞。然后，两个男孩就又给大家作揖。大男孩说："叔伯婶姨行行好，我们兄弟今天一天也还没吃上一顿饭，请赏点零钱吧，行行好吧……"不知是发车时间就到了，还是其他什么原因，仍然没有一个人伸出高贵的双手。

就在上车的刹那间，我将我的已经踏上车的前脚退了回来，从衣兜里摸出了两枚硬币，放进了小男孩的那个破碗里。两个孩子低头齐声说：

“谢谢大哥，谢谢大哥!”然后走向小摊，买了四个馒头，分给他们一人两个，他们狼吞虎咽起来。

两个月了，不知那两个小男孩到哪儿去了，不知是不是还在饿肚子。我坐在车上忽然就闪过这个问题。

六点整，发车了，车上人们的心情欢愉起来，有人开始哼起了歌。

夜色似乎越来越浓，车窗外的天空几乎没有一颗星。

这里是一片空旷的田野。有人招手停车，又上来了两个乘客。

两个乘客一上车，每人就掏出了一把长砍刀，厉声吼道：“都不准动！快把钱拿出来!”矮个子劫匪用刀逼着让司机打开车灯。

车里的什么声音没有了，有人开始哆哆嗦嗦地从身上摸出钱来，交到劫匪手中。有一个光头男人没动，高个的劫匪用刀狠狠地在他头上拍了一下，男人一下子将钱包全交了出来。

我也很有些怕，我在想着从我的上衣口袋里掏出一张百元钞票来应付这两个穷凶极恶的劫匪。不然，真担心我的安全问题。眼看高个子劫匪走近了我，我连忙递上了早已拿出的一张百元钞票。

高个子劫匪用刀挑了挑那张钞票，说道：“你的，不要，拿回去!”就在一刹那，我看到了一张似曾熟悉的面孔。两个月前的小车站，那个很别扭地表演竹篙舞的大男孩。我又看了看前边用刀逼着司机的矮个劫匪，那个敲着破锣的小家伙。

不到十分钟，劫匪让司机停车。一高一矮两个劫匪，顿时消失在茫茫夜色之中。

立刻有人报了警。警察问起线索，光头男人用手指着我大喊：“就是他，他是劫匪的同伙，全车人只有他没有被劫……”

车里人这才恍然大悟：“原来你是同伙啊。”

自然，我被带进了派出所，一个老民警问道：“原来你是同伙，说说，你们是怎么商量好的？要注意啊，坦白从宽……”

“我冤枉，我不是同伙，但我知道哪些人是同伙。”我平静地说。老民警来了兴趣，张大了耳朵。

我向他讲述了两个月前小车站那两个男孩的故事。可是，他能相信我吗？

请再偷一次

早上六点多钟的时候，院子里的人们就被一阵叫骂声吵醒了。这里是局机关宿舍，整个院子住的都是单位的人。大家都很恼火，这美好的早晨一梦硬是给搅黄了。叫骂声是从三楼传来的，声音是周大手老婆二珠的声音。周大手快四十岁的人了，在局里仍是个老资格的办事员。

“狗日的该千刀万剐的小偷，你怎么就偷我们家呢？我们家有什么啊？”二珠大声地叫道，接着又是一阵哭声，“你看，我家的大手昨天才取的八百多元钱，说要去买件新夹克的，不想让那该死的小偷给端了锅了，还有大手的手机也不见了，这手机，大手用了几年了啊，很有感情的……”

听说有小偷，大家就从窗子里探出了脑袋。这边二珠还在大喊大叫，住在对面的女人也叫了起来：“我们家也被小偷光顾了，哎呀，这怎么得了哟……”对面是郑局长的家，女人是他的老婆王娟。一听王娟这声音大家就立马穿上了衣服跑出来，想看看局长家被偷去了什么没有。

一会，就有大手的声音传出来：“别吵了，只是八百多元钱嘛，我不买新衣服不就行了？那烂手机，不要也罢。对面郑局长的不也被偷了，人家像你这样鬼嚎了没有啊？”院子里的人们就朝郑局长家门口看过去，郑局长一声不吭，老婆王娟有一句没一句地说着什么。

“郑局长，您家里没丢什么东西吧。”局长办公室吴主任第一个挤进了郑局长家，轻声问道。王娟马上接过了话茬：“我查了一下，几乎没有掉什么东西，只是这个小偷太可恶，将这么牢固的防盗网也给损坏了。”听了这话，大家像是很失望的样子散开了。到了上班的时候，局里的人就都知道郑局长家被小偷光顾了。

“中午我做东，请您全家人到帝王酒店，我来为您压惊。”先是刘副局长来到郑局长办公室小声地请示。一会，张副局长又来到郑局长办公室报告说：“晚上一起唱歌的事由我来安排吧。”晚上十点多钟的时候，郑局长才回家。王娟就告诉说：“你没在家，局里的吴主任、周科长、李科长，还有几个人我不大认识，都来到我们家，说是慰问慰问我们。”说着，王娟用嘴朝屋角努了努，那有一堆她不大知道名字的烟酒，还有一些钱物。

第二天刚上班，前进路派出所打来电话，问局机关宿舍是不是前天晚上被盗。吴主任说“是啊是啊”。派出所说：“小偷被我们昨天晚上当场抓获，交出了偷得的全部钱物。请前来认领。”吴主任赶到派出所时，小偷交出的钱物已经清点好，有十二条高档香烟，一万一千八百现金，还有一部用了多年的手机。吴主任将被盗钱物领了回来，他还得将钱物还给主人。郑局长用手指了指那部用了多年的手机：“哈，我的手机回来了，我领回去了啊。”吴主任就将剩下的钱物全交给了前来认领的周大手的老婆二珠。

二珠乐得合不拢嘴。到家了，周大手说：“你怎么将人家的钱物给领回来了？我的那用了几年的手机呢？”二珠慌忙一手捂住了大手的嘴：“不要说了，吴主任说不要说了，这些东西就是我们家被盗的，说就是去年过年时你乡下弟弟妹妹买来的……”

局里正进行着中层干部竞聘，不想，周大手居然得票最多，成了局长办公室副主任。市里年终要评先进，郑局长榜上有名，考核组理由很是充分：“小偷在局长家居然只偷到了一部用了多年的旧手机……”

又快过春节了，二珠一把拉过周大手，“叭”地在他脸上亲了一口：“不知过春节时还有没有小偷啊？咱再让他来偷一次，说不定我们家的收获更多，你还会被偷成个副局长哩……”

楚河汉界

张三和李四是朋友，好得像穿着连裆裤的朋友。成为好朋友的原因不是因为他俩在一个单位，而是因为棋，中国象棋。在“楚河汉界”那张不大的小纸上，两人调兵遣将，布阵杀敌，常常一拼就是一整天，杀得昏天暗地的结果，很多时候是不分胜负，或者你赢一次，他也赢一次，两人不相上下。

“没有饭吃了也得下棋。”张三说。

“即便老婆没有了，也不能没有象棋。”李四说。

可是，穿着连裆裤的两人起了点变化，张三成了单位领导，李四仍然是光头老百姓一个。

张三当上领导的那天，喝完庆贺酒后，叫来了李四，照样摆开战场，准备拼个你死我活。喝了酒的李四也就提枪上马，开始调兵遣将。不到十个回合，张三的老“将”便给李四活捉了。

你下棋的水平不行了。李四指着张三说，随后摇摇晃晃地回到了家里，面对着老婆王丽又是一阵吹嘘，说，我今儿个不到十回合就捉住了张三的老“将”……

话还没说完，感觉左耳朵被王丽给拧住了，一阵剧烈的疼痛。

“你个糊涂东西，怎么能赢你领导的棋。”王丽大声道。

听了这话，李四的酒顿时醒了。是呀，我怎么能赢李四，不，怎么能赢领导的棋呢？

王丽急了，这下可怎么办？让她给张三打电话是不行的，让李四给张三打电话解释更不好。这样，来个曲线救国，王丽想，她给张三的老婆李娟打个电话。李娟是王丽一个同学的亲妹妹。

“哎呀，李娟呀，今天你老公怎么下棋让了我家的李四，是故意输的吧，看来他一定可以做更大的领导呀……什么，他喝醉了早睡了，那我就不打扰了……”

又一个休息日，张三叫来了李四，又想拼杀一阵子。拼杀的地点选在城郊一片小树林里，环境幽雅得很。

棋子才走了五个回合，张三越战越勇，李四却无精打采，手握着个棋子，像捏着颗炸弹似的，仿佛随时会爆炸，不知道怎么放才好。

“看好了，将军抽车吃，你输定了。”张三哈哈大笑。

连下八盘，除了一盘和棋，都是李四败下阵来。后来几次休息日，张三又叫来李四，结果都是一个样，总是让李四丢盔弃甲，溃不成军，一次也没有赢过。

于是，张三再下棋时，就没有叫李四来了。两人见面的次数少了，说话的时候也少了，有时两人见了面，只是客套地点一点头，一声也不吭。

这半年单位裁员，名单下星期就将公布，名单上有李四。这是李四的老婆王丽听人家说的。

“你去办公室找一找张三，问是什么原因要裁你?”王丽下了命令。

李四黑着脸进了张三的领导办公室。

“来，和你下一盘。”张三说。

李四一屁股坐了下来，在棋盘上你我往开始厮杀不停。李四出棋迅速，张三始料不及。十三个回合，张三败下阵来。

再来一盘，下了十九个回合，又是李四得胜。

下第三盘，拼杀了近40分钟，张三又是溃不成军。一看，李四手上还偷偷捏着他自己的一马一炮两棋子，原来李四这盘还让了张三两个棋子。

李四还想下，张三哈哈大笑起来。说过几天再接着来吧。

单位裁员名单公布时，王丽把名单从头到尾看了三遍，没看到李四的名字。

几天后，李四在家为儿子举行结婚大典。张三比谁都来得早，来了就不肯走，扎扎实实在李四家玩了三天。

张三再想下棋时，仍然打电话叫来李四，拼命厮杀，很多的时候仍然是不分胜负。

棋　局

这些天我正为我的工作在发愁。在下边乡镇工作也快二十个年头了，我想调进局机关。我找了些关系，但是没有成功。老海是我的表叔，他拍了拍我的肩膀说："小子，跟我学学吧，想当年，我就那么轻易地进城了哩。"老海如今在市教育局工作，和我要进的局机关关系不大，对我的调动也帮不上多少忙，但我还是耐着性子听他的故事。

那时老海还年轻。我的表婶是市区的，和老海是同学。两人结婚后，表婶一直在市区工作，我的表叔老海呢，在乡下的一所高中教书，只能和表婶每周一次鹊桥相会了。那时候，老海的最大愿望，就是能调到市一中做教师。也找过一些人，几年都没有进展。一天中午，老海又提着两瓶酒一条烟，用黑提包装着，他想再去市教育局找找局长，说说他家里的实际情况。老海赶到市教育局门口时，正是午休时候。教育局的大门关着，只有门前不相干的三五个人在下象棋。老海想了想，反正是等，干脆就看老头们下象棋。老头们下棋还赌上几支烟。一个黑瘦老头正和一个胖老头对弈，旁边还有两个人在看，时不时地帮那黑瘦老头走棋，担心他会输掉。一番拼杀之后，双方所剩人马已经不多了。眼看黑瘦老头用了一暗招，看似无力，其实是要将胖老头置于死地。胖老头就要吃对方的"马"，这是对方的陷阱。

"慢。"老海猛然一声喊，"这马不能吃，吃了就会死棋的。"几个老头同时转过了头来看。老海拿过胖老头的棋子，帮他走动起来。不过三招，让黑瘦老头举手投降。

到了上班时间，老海敲开了局长办公室。一张黑瘦的脸伸了出来，见是老海，说："怎么是你？你不是刚才还在下棋么？还让我吃了败战了的。”老海连声说是是是。老海就向黑瘦的局长说了自己家中的难处。末了，黑瘦的局长说：“你等着吧。”老海将手中装烟酒的袋子故意留在了局长办公室。

走到教育局门口，摆烟摊的胖老头拉过他的手说：“小同志，这下坏了吧，你帮我下棋成了坏事了，谁让你赢了教育局长啊，这下调动可就泡汤了。我还要说的，年轻人，要多注意方式哟……”胖老头将“哟”字拉得很长，好像不说这话他这烟摊就不能在教育局门前摆一样。

老海又耷拉着头回到乡下的学校，第二天依然没有精神。一节课没上完，校长找到了他：“你个家伙，还蛮有头脑的，你的调动成功了，市一中哩，不知你这回请的是哪路神仙。还有，人家还给你捎回了你送出去的烟酒，你到我那儿去取吧。”老海一惊，一会，嘴角又露出了笑容。

讲到这儿的时候，我的表叔老海更是喜不自禁，口中的泡沫直飞。我就问：“表叔，你那时真不认识教育局长么?”

“谁不认识？黑瘦黑瘦的，鬼都认识。”老海更神秘了，“知道吗小子，我这招走的也是险棋哩。”

我的表叔老海就这样进了市一中工作，不到一年，就被调进了市教育局工作。黑瘦的教育局长常找他下棋。

“后来和教育局长下棋，胜负如何?”我问。

“一次也没有赢过局长。”老海说，也像很神秘的样子。我好像有些领悟，明天开始，我得到局机关门前转转，看看有没有下棋的局长了。

唐僧的困惑

师傅唐僧率领着三个徒弟悟空、八戒和沙僧，一路艰苦跋涉，终于到达西天县，取得真经。临返程，如来佛祖拉住了唐僧："你已经成佛了，你的三个徒弟，虽说功劳不小，但不一定成得了佛，还得磨练磨练。这样吧，西天县还有三个空缺职位，一个是西天县县长，一个是无为镇镇长，一个是乌有村村长，让他们三个去做做吧。"

唐僧点头答应了，还是问："那怎么给他们三个分派这三个职位呢?"

如来说："你让他们先申报上来，然后我们再审核，审核后再公布。"

唐僧就对三个徒弟发出了指示，三个徒弟高兴得了不得，忙着去准备任职材料了。三天后，悟空、八戒和沙僧三人的材料都上交到了唐僧手上。

悟空写道："我申请担任西天县县长一职。在取经活动中，我一路降妖除魔，发挥了巨大的作用，打打杀杀我不怕，师傅的误解我不怕，天大的困难我不怕。我有信心，做好西天县长一职……"唐僧点头。

八戒写道："我不像大师兄那样冲动，但是，我总是在关键时刻发挥着重要作用。我吃得多，但身体是革命的本钱，不吃，怎么工作啊？我一定将我'吃'的精神充分运用到工作中去，所以，我想申请担任西天县县长一职……"唐僧点头。

沙僧写道："我是最本分的，这是做好工作的前提。我挑着行李，一路上任劳任怨，做好了后勤保障工作。这一次，我一定将我任劳任怨的工作作风继续发扬下去，我相信我能做好西天县县长一职……"唐僧点头。

唐僧没有了办法，将三份材料交到了如来手中。

第二天，结果就下来了：悟空任乌有村村长，八戒任无为镇镇长，沙僧任西天县县长。

唐僧宣读了任命书，悟空、八戒有想法，悟空的想法最大：“西天取经，我的功劳最大，为什么我只做了个乌有村村长？”唐僧也为悟空鸣不平，但他还是说了句：“所任职务高低和功劳大小是没有关联的。”悟空和八戒就不再说什么，嘟嘟哝哝地去上任了。

但是，唐僧真不明白为什么如来佛祖为什么会这样安排三人的职位。他问佛祖，佛祖只是嘴角露出了点笑意，然后说：“过些天了你再看看吧。”唐僧只是担心沙僧，那个老实样儿，能做得好西天县县长么？

一个月过去了，悟空、八戒和沙僧三人都笑嘻嘻地跑来向师傅道谢，都说：“谢谢师傅，帮我安排了个好职务。”唐僧知道，那乌有村里，常年盗贼出没，派了那猴子去，正好合他的口味，天天打打杀杀，忙得不亦乐乎。听说，那“黑老大”黄霸天有一大片桃林，悟空和他联手，开发了诸多副产品，鲜桃不说，还有桃肉罐头、桃仁，远销大唐王朝，赚了大钱。那八戒，到了无为镇，他一看就知道是个山清水秀的好地方，是个鱼米之乡，有酒有肉有好吃。他大力发展养殖业，将他的精品猪肉销到了英格兰，将他的“八戒”品种猪卖到了美利坚。听说，他的那喜欢女人的本色倒是没变，二奶、三奶有了，也许还有四奶……

唐僧还是不明白，沙僧为什么稳稳当当地做好了西天县县长。他又问如来，如来反问：“你说，沙僧身材长得怎么样？”

“高大魁梧，印堂发亮。”唐僧说。

“这就是做县长这种干部最基本的条件了。那悟空尖嘴猴腮，那八戒肥头大耳，都不像个官样，做做镇长村长了不起啦。”如来说。

“这就够了？”唐僧还是想问。

“当然不够。他的手长得好。手长得好，见面与人握手，开会时拍手，表决时举手时，就会不损形象了。”

“还有条件吗？”唐僧还问。

“沙僧挑过多年的担子，手上有力，拿住手中的公文包是不会掉的，为他的领导开车门时也会一次成功。他办事仔细，肯定不会将讲话稿的上一行内容念成下一行的内容。他懂得谦让，绝对不会和他的领导抢座位，或者抢着在前边走。”

“还有吗？”

“有哩。他能喝酒，还能写出好的书法作品。”

“沙僧能喝酒，能写出好的书法作品？”唐僧诧异。

“你呀，说起来还是他师傅哩，不了解他啊。他是在流沙河里长大的吧，不怕水的人还怕酒么？他使一把月牙铲，这和手中的毛笔又有什么不同呢？你不配做他的师傅啊。”如来说。

唐僧一听这话，满脸通红：是啊，自己做师傅的怎么没有发现沙僧是个做官的料子呢。可是，他还是加了一句：“佛祖，您看看，他长得那么老实本分，能做百姓喜欢的好官吗？”

“呵呵，”如来一笑，“要做百姓喜欢的官，就得长得老实本分。所以悟空和八戒永远做不了县长这种官。”

一年后，三个徒弟的磨练试用期满。悟空、八戒早早地交来了述职材料，却不见了沙僧。唐僧连忙派悟空去寻，怎么也找不到人。没有法子，悟空一金箍棒打出了土地老儿，土地老儿说：“大圣不知道啊，上个月，沙僧县长就让天庭纪委暗暗双规了啊，听说，涉及的金额有三千多万元……”

唐僧更不明白了，不是说，沙僧是最适合做县长的么，他又是长得那么老实本分的官员，可是，怎么会让天庭纪委拿出去呢？

这回，唐僧真不知道，这个问题能不能去问如来佛祖了。

铁饭碗

我生来一副官相，额宽脸阔，印堂发亮，红光满面，连头发根也常常抖擞着精神。可是，读小学、读中学直到我读完一所本市的三流大学，连个小组长也没有当过。不过，我大学毕业时赶上了国家分配政策的末班车，而且分到了市政府机关。这“铁饭碗”着实让我的不少同学眼红，其实他们是不知道我在这里的苦恼呀。在这上班，你的屁股后头没根得力的“撑棍”，那就注定你玩栽。你看我上班十多年了，进机关是一个办事员，如今是办事员一个，真个是“流水的官，铁打的兵”了。有点变化的是我的头更大、腰更粗、印堂更亮、更有官样儿了。

我想就这样安逸点过生活，能养活老婆孩子，也还有点结余。平日里我的生活费基本不用开支，怎么开支的，在机关里做过事的人肯定知道。但是，我安逸的生活就要有波浪了。这几天正在进行机关裁员大行动。昨天，办公室王主任找我谈话，我心里有数，知道这次“分流”出去的有100多人，没有我才怪。听说每人还有十几万元的清算款，我还能说什么呢？

就在上午快下班的时候，分流“黑名单”就贴在办公楼前，我当然是榜上有名。腰里夹着公文包，我无精打采地走出了市政府机关大院。走着走着，我一看，我的双腿还是不由自主地迈进了帝王酒楼，这是我在上班时有事没事常去的地方。正是吃午饭的时间，酒楼里人来人往，煞是热闹。我一看，知道是一次大型会议之后的进餐时候。站在餐厅门口，我正想抬腿往回走，倒被人叫住了：“先生，你不就餐了再走吗？”

“好……好吧。”我随口应道，只好迈着步子走进了饭厅。与会人员有一句没一句地谈着。我忙找了个靠边的桌子，坐了下来。我听他们谈论着这次会议的纪念品，说一人一件衬衫，还算有档次。一会饭菜上桌，我忙不迭地吃起来，生怕别人发现似的。

“男人哩，不喝点酒?”坐在我旁边的快五十岁的参会人说。

“不啦，我不会喝。”我说着，丢下了碗筷，又说着还有事，逃离似的出了饭厅。饭厅门口，一个服务小姐恭敬地递过一个纸盒，纸盒里放着一件衬衫。我接过衬衫，快步走出了帝王酒楼。

回到家，我想告诉老婆我被分流了，但话到口边又咽了进去。老婆单位不景气，但老婆脾气特火爆。如果我把这不好的消息告诉她，不知会是个什么样子呢?

第二天，不知为什么，我照样按去上班的时间起床。头发梳得油光发亮，准备去上班。走到市政府机关大院门时才想起我已经不必进去上班了。我正踌躇着不知去做点什么才好时，旁边的一个电话声音飘进了我的耳朵：“……今天上午9点在市迎宾饭店召开银鑫集团10周年庆典仪式，我们请您参加呀……”我猜想这电话肯定是打给某位领导的。我反正无所事事，去去也无妨。坐的士花了6元钱就到了，一进门，我就被服务小姐领进了会议室。会议的规模很大，省里的领导也来了。但是会议纪律却不是怎么好，主席台上在讲话，会场下面也在讲话。会议结束时，与会者正纳闷这次会议纪念品怎么还没看到时，服务人员每人发了个小袋。我偷偷拆开一看，是3张“老人头”。正在惊喜时，坐在我耳边一老总模样的人用胳膊碰的碰我，递过一张名片说：“先生，请交流交流。”我慌了，我哪有名片呀，但我毕竟还见过世面，忙说：“对不住了老板，我忘带名片了，我会与您多联系的。”说着双手接过人家的名片……

以后的日子，我起床后，最先想要做的事就是去打听哪儿有会议或者庆典，档次越高越好。不过，我先还得去订制名片。名片做个什么头衔好呢?想来想去，我就多做几份吧，一个市政府的小官员，一个大企业老总，一个科技工作者。这样，有什么会议，我就用什么名片，真是万无一失呀。

上个月，我参加在市豪杰宾馆举行的科技成果汇报会，那科技成果叫什么名我也忘了，因为我懒得去记。我递过“科技工作者”名片领了一支高级钢笔的纪念品后，被人拉住了，我以为是露馅了，谁知那人却说："科学家呀，一会你得在大会发言呀……"果然，开会时大会上叫了我的名字，我也便口若悬河说起来，无非就是吹嘘他的科技成果一番吧。

我想我真找到我认为理想的工作了，因为时不时有"红包"，便能按时按数向老婆上交工资，又因为隔三差五地就有纪念品带回去，更讨得家中老婆一阵高兴。可是，前天我带回一条领带纪念品时，老婆却嚷开了："你是不是让人给分流了？"我忙接过话茬理直气壮地说："我让人分流？那咋能向你上交工资？还会有纪念品？"老婆哑口无言，事实就摆在这儿嘛。

不过，我也在寻思，我这"铁饭碗"想要长久一些呀，还得再找路子。当官的不是讲调动么？我下个月就到邻近的洪林市去闯闯，对老婆说声去出差，其实是自己将自己调到洪林市工作哩。有了这"铁饭碗"，还愁没有钱和纪念品？

包拯说谎

上班的时候，领导专门找到我，一脸地严肃：“李四，你是我们请来的技术专家，这次交给你一个任务，发明一种测谎仪。你看看，我是不会说谎的，可到处都有说谎的人，让我这个领导怎么当得好啊。”我点了点头，我学的正是这个专业，这下终于有用武之地了。

下班回家，老婆娟子拉住了我：“你是个优秀人才，你几时发明了测谎仪啊？你看看，如今这社会，说假话的人真是太多了。”我满口答应，老婆在我脸上狠狠地亲了一口：“还是老公好！”

晚上老婆说要加晚班，一脸怨气地走了，很不情愿的样子。老婆是我最亲爱的人，从来没对我说过谎，看来她又要劳累了，回来了我得心疼心疼。走了就走了吧，反正晚上我是准备构想测谎仪的。

我有良好的技术基础，以前就对测谎仪有过研究。这会儿，要做成这东西，应该是水到渠成。就要大功告成时，我迷迷糊糊地睡着了。有人叫住了我：“李四啊，上你的班吧，你不要抢走我的专利。”

我看了看，这个人我好像在哪儿见过。黑黑的面庞，额头上的月牙，对了，这不是大宋王朝的包青天包拯吗？

“包大人好！”我向着包拯打招呼，“请问大人什么时候发明了测谎仪？”

“你们不是早就知道我是断案高手么？那些案子怎么断出来的？就多亏了我的测谎仪。”包拯的声音很浑厚。

我就不解了：“那，为什么我们从来没有听说过你使用过测谎仪呢？”

“呵呵，这就是秘密了。”包拯脸上一黑，说，“要是没有这种好东西，那陈世美能承认自己弃妻儿享富贵么？那大贪官潘仁美能认账吗？”

我连连点头。包拯又说："你将这仪器先拿去用用后再说吧。"

我说了声"谢谢"，想要问问使用方法时，已不见了包拯的身影。我醒了过来，发现我的身旁躺着一块圆圆的小铜镜，古色古香。小铜镜的下方写有一行隶体小字：以镜贴心，对人问话。这就是包拯的测谎仪的使用方法吧，我在心里嘀咕。

第二天我上班时，领导没来上班，我打电话给他，他说正在和两个好朋友聚餐。我说我想试试我的测谎仪。领导很高兴，说："那你就来吧，在帝王酒家1188房间。"

我将小铜镜贴在自己的心口，穿好外套，走进1188房间。房间里边包括领导在内有四个人。领导向我一一介绍，我就一一对着他们打招呼。

最里边的是个留着长须的老先生，领导说："这是著名艺术家文怀先生，专门研究屈原，写有66篇论文，已有99岁高龄。"我对着老先生说："您好！"老先生呵呵一笑："研究屈原，66篇论文，99岁高龄。"

旁边的一看样子就知道是商海巨子，领导说："这是三汇集团老总贾先生，他的资产已经500多个亿了。"我对着贾先生说："您好！"贾先生起身："哪里哟，不过480个亿，要知道，我们的三汇火腿是世界闻名。"

最年轻的是个女性，应该是个影视明星。领导说："这是著名影星香桐，一直是走淑女线路的，粉丝不少哩。"我对着香桐说："您好！"香桐嘴角扬了扬："人家没有骗你哟，淑女……"

最后是领导自己，我说："您就不用说了吧。"领导还是加了一句："我嘛，就不用多说了，接连三次被评为廉政标兵了。"

几个人的聚餐很简洁、文雅，一会儿就结束了。送走了客人，领导说："李四，你刚才试了你的测谎仪了没，快拿出来看看。"我脱了外套，取出了小铜镜。点一下小铜镜，小铜镜就出现一行隶体的小字。我点了四下，先后出现了四行字：

66篇论文，65篇抄袭；99岁高龄，只有88岁。

480亿，只有48亿；三汇，瘦肉精王。

淑女路线？应为妓女路线。

廉政标兵？平均每年贪污165万。

我感到很奇怪，这四行字大概是对应刚才和我说话的四个人吧。领导脸上看得红紫红紫，大声呵斥我："哪来的怪物东西？乱说！"

"这其实不是我发明的。这是包拯送来的。"我说。

"那你更是瞎说了。如果真有包拯，这是包拯在说谎。"领导大发脾气。

我知道领导的意思了，就跟着说："是的，这小铜镜是个怪物东西，这是包拯在说谎。我会将这小铜镜立即毁掉。"我拿了小铜镜，飞一般地逃了出去。

到家的时候，我又拿出了小铜镜，上面又出现了一行字：你说谎了，包拯没说谎。

我惊叹小铜镜的特异功能，难怪当年这样高科技的产品没有投产。

老婆娟子回家了。我这才想起娟子。娟子一开门就骂她的领导让她加班了，加急做完了十五张报表。

老婆说话时，我拿出了小铜镜，上边又出现了一行小字：在领导的床上加班。

我更是一惊，将小铜镜摔在了地上，心里说："这怎么可能呢？她是最爱我的女人啊！"

我又迷迷糊糊地睡着了，我想去找包拯，但怎么也找不着了。醒来的时候，放在我身边的小铜镜不见了。娟子就拉着我问；"亲爱的李四，我的老公，你昨天那小铜镜呢？古色古香的小铜镜呢？我要化妆，借我化妆啊。"

但我再没有找到小铜镜。我也不知道小铜镜去了哪儿。

布　鞋

匡老太爷有个特点，那就是特别钟情于布鞋。

几十年前匡老太爷还被人叫着旺娃子的时候，他家里穷，裤子都没得穿，平常时候就只得赤脚了。只有到了严寒的冬日，母亲才拿出双能露出脚趾头的布鞋，给他哆嗦着的一双脚套上。那个年月，真正拥有一双温暖的布鞋，成了匡旺娃最奢侈的渴望。后来，进了部队，上面发鞋，有军用鞋，也有布鞋。匡旺娃最喜欢布鞋，除了部队训练和执行任务外，他都穿着双圆头布鞋。转业到地方教育局，第二年人家给他介绍了个女朋友，匡旺娃第一句话就问："会做布鞋吗?"女孩点了点头。一点头就成了今天的匡大妈。几年后，匡旺娃成为匡局长的时候，他还是喜欢布鞋，尤其是那种黑色的圆头布鞋。除了上级领导来教育局，其他时候他总穿着双圆头布鞋。每年，他都会让匡大妈给他做一双新布鞋，这成了家里不成文的规定。接着有了儿子匡为民，他一句话批示：按我的规定执行。这样，穿布鞋也成了儿子匡为民必须做的事。匡为民读大学时，仍然穿着一双布鞋上课。他的一双布鞋成了大学校园里一个独特风景。儿子参加工作谈了女朋友，老匡递过去一句话："她会穿布鞋吗?"有了孙子匡小丁，老匡又说："得让兔崽子穿布鞋。"于是每年必须给每人做一双布鞋，成了匡大妈的首要任务。先前，老两口和儿子三口之家一起住，匡老太爷在家里发话："回家就换布鞋吧，穿布鞋比穿皮鞋好。"后来儿子工作的财政局分了房子，分开住了，匡老太爷拉住儿子匡为民的手说："你们三人回我这儿时最好穿布鞋。"

六年前，教育局局长做了20多年的匡老太爷退休了。退休后的第一句话是："我可以天天穿布鞋了。"三年前，儿子匡为民成了财政局局长，在儿子走马上任的第一天，匡老太爷向儿子办公室打进了第一个电话：“要记得穿布鞋，至少下班后在家里得穿……”

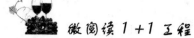

可是，在上个月，一向不生气、不发脾气的匡老太爷居然生气居然大发雷霆了。生气发脾气的原因当然与布鞋有关。已经快半年了，儿子一家从没来这儿看看匡老太爷。老太爷叫上匡大妈去了儿子家，只有孙子小丁一人在家。匡老太爷一进儿子家门，急忙找布鞋，准备对儿子一家穿布鞋这一工作的情况进行检查。可鞋架上居然没有一双布鞋。孙子小丁对着储藏室努了努嘴，老太爷打开储藏室，看到了满地的名贵烟酒。同时，在角落里，看到了匡大妈亲手做的十多双布鞋，都布满了灰尘，用手一拍，全是崭新的。

一生气一发脾气，匡老太爷就病倒了。从儿子家回来的那晚，他就倒在了床上。匡大妈劝他去看医生，他不去。儿子匡为民开着小车来准备送老太爷去医院，被老太爷骂了回去。

上周一，匡为民刚上班，就被检察院反贪局工作人员带走了。听到这一消息，匡老太爷如服了灵丹妙药一般，从床上起来了，精神焕发。昨天，匡老太爷去看守所探望儿子，托人带进去一小包东西，儿子匡为民打开一看——一双布鞋。

儿子泪流满面。

就是你的错

院子不大，就住了那三五户人家。往东，是单身农民工火子租住的单间。

三五户人家中，王大平家有个小男孩，有五岁多了，名叫王小丁，样子机灵得很，人见人爱。王大平一向将孩子看得严，长年将嘴巴搁在孩子身上："小丁丁啊，千万不要和陌生人说话，千万不要吃陌生人给的东西，千万不要跟着陌生人走了啊……"小丁就像犯了错似的不停地点头。

但邻里相处久了，自然会有些话语搭上一搭的。

火子的脾气好，还不到三十岁，家中也有个六七岁的小男孩，当然，他的小男孩连同他的老婆，都丢在了千里之外的乡下。时不时地，火子就会逗小丁一句："小丁丁啊，今天放学怎么没有看见红花啊，是不是表现不好了？"

开始的那会儿，王大平也向着小丁使脸色，不让小丁和火子说话；要不，就猛地按一下电动车油门，一溜烟地走开，让火子落下个没趣。但就有一回，那天下午王大平家七十多岁的老父亲得了急病，两口子一起将老头送到了医院。等办好了住院手续，一看手机上的几个未接电话，是幼儿园老师打来的。他们这才想起去幼儿园接小丁。王大平急忙打的往幼儿园跑，可哪里还有小丁的影子。回到家里，小丁丁正乐呵呵地吃着冰激凌。一问，才知道是收工的火子路过幼儿园，遇上了和老师一起在幼儿园门前傻等的小丁，小丁说认识火子叔叔，就给带回家了。

打那以后，小丁一遇到火子，就"叔叔叔叔"地叫个不停，火子呢，就会时不时地夸奖小丁几句，有时还买些高档零食给小丁吃。王大平家里买了好吃的菜，也会叫下火子，两人还会喝上几杯。王大平两口子有急事不能及时接小丁时，就会打个电话让火子去接。

院子里其他人逗小丁玩儿时，王大平也停下电动车，和人家耐烦地拉上几句家常。小丁甜甜的声音一叫唤，有点脸熟的叔叔阿姨都会买点零食给他，小丁接着就会来一句更甜的“谢谢”。

可就在“六一”儿童节前两天，小丁不见了。

王大平去幼儿园找，幼儿园老师说：“是个叔叔将小丁接走了啊，给小丁买了杯大大的冰激凌。”王大平心想那是火子了，就到火子的住处去。火子一个人正在炉子上做饭，他说他根本就没有去接过小丁。火子也急了，慌忙关了炉子，帮王大平一道去寻找小丁。

找了两天，仍然没能找到。王大平报了警。

王大平还偷偷地告诉警察，火子和小丁很熟，是不是问题出在火子这儿。警察也连夜对也与火子关系密切的人进行调查，还派人去他的老家去查访，可还是一无所获。

三个月了，小丁还是没有找到。

就在王大平两口子快要崩溃的时候，从警察那传来好消息，邻省省城破获了一起特大拐卖儿童案，其中就有他们家的王小丁。

王小丁和爸妈分开了三个月，可一点也没变，只是不停地说“想爸爸想妈妈”。一会，小丁又说：“我想火子叔叔了。”火子正站在他们家门口，想着来和孩子说上几句话。听了这话，王大平堵在了家门口，大声说道：“就是你的错！你想想，不是你火子拉着我家小丁说话，不是你常常买零食我家小丁吃，那我家的小丁会跟着一个买了零食的男子走吗？我们再不能让孩子这样做了！小丁，以后，千万不要和陌生人说话，千万不要吃陌生人给的东西，千万不要跟着陌生人走了……”

院子里的邻居也围了过来，七嘴八舌地说：“是啊，就是他的错！不是他逗孩子，让孩子学会和外人说话吃外人买的零食，那人家孩子会被拐骗走吗？”

是啊，就是他的错！又有人重复说。

火子怔怔地站在了那儿，他想要说什么却说不出。他想了想，觉得真是自己错了。

高　手

新上任的市委书记刘天是个闻名的“包公”，他一来，就想摸摸全市干部的廉腐状况。他将这个工作交给了市委组织部长吴能，他说只要个大致情况就行。

吴能一接到这个任务，就觉得拿到了一个烫手的山芋。要甄别一个干部的廉腐确实很难呢。吴能部长忧愁不已，可没过两天，有人主动请缨了。科长张林说好办，最多三天，就会有情况汇报。

三天期满，张林果然拿出了大致情况。这大致情况在一张大纸上，大纸上用笔圈画了不少地方，像一张地图。吴能就不懂。张林笑了笑说：“我这确实是一张贪官图哩，你看，这张图上有一条又一条的街道，就是我市的街道。那用黑笔画了的地方就是我市副处级以上干部的住所，那用红笔画了的住所呢，就是有贪腐嫌疑的官员了。

吴能部长更加不懂了，说：“只有三天哩，你怎么可能绘出这样一张图？再说，你怎么甄别人家有没有贪腐嫌疑？”

张林哈哈大笑，从门外叫进来一个老头。老头身上脏脏的，是个捡垃圾的老汉。老汉开口了：“领导，我就是一个拾垃圾的老头，我来说说，平时啊，我专门拾那些酒瓶和酒盒，我当然是认识‘茅台’‘五粮液’这几个字，这不刚过完春节么，呵呵，我就记得在城区哪几栋房子下的垃圾桶里拾到的‘茅台’‘五粮液’酒瓶和酒盒哩，这领导一问，我当然说了出来，他就标上红色记号了……”

吴能部长恍然大悟，但又变了脸色：春节时，他家也丢过几个茅台瓶子，不知被这老头标上红色记号了没？

我本无事

这几天心里有点闷，不知道是什么原因，只是觉得心中有一股子气想要迸发却没有出气的孔儿。看书看了一个多小时，不知道书上写的是些什么。打开电视看赵本山的小品，也不知道他在瞎胡闹些啥。

我想我是要出去走一走了。

走在大街上，不远处就听见有人在吵架。卖小商品的王二毛少找了一小年轻一毛钱，挨了人家一耳光。耳光特别响，我在五十米之外都能听得到。我想起了我的一些同学和朋友，我觉得我要去找找他们了。

刘一民和我最近，我就去他教书的学校看看。学校门口有保安守护着，听说前不久学校几学生让人给打了，这几天对进门的人盘查得很严。我说要找刘一民，一个胖胖的保安说，那你得打电话给他，让我们听听。我用手机打了电话，刘一民说正在办公室，我让胖胖的保安听电话，他这才挥一挥手，我也才舒了一口气。刘一民见我来了，放下手中的备课本，和我有意无意地拉话。我知道他是有些忙，要带两个毕业班的语文课，还是班主任。

“是不是要转个学生到我们学校啊?”刘一民问我。我一惊，不知道他怎么会问到这个问题。我连连摇头：“不啊不啊，我孩子还在读小学呢，你们这高中学校，我孩子不一定会来呢？我得让我孩子到省城去上学的。”我随意地和他开着玩笑。

“你真的找我没有什么事吗?”刘一民又问我。

“没有事啊。我就找你坐坐。”我说。我想要喝杯茶，这才知道他们办公室没有茶杯，一次性茶杯也没有。听了这话，刘一民倒又拿起了课本：“只找我坐坐？老同学，对不起了，我得上课了。要不，你就在这坐坐。”看着他走进教室的背影，我想我是要走了。

我来到了老朋友王大军的办公室。王大军和我是早年同事，曾经两年同房而卧，就像是穿着连裆裤的家伙。不想这家伙早就做了局长。我和他也有些日子没有见面了。我还在他办公楼下时，就有人问我找谁，我说我是王局长的老同事，要找王局长。马上就有人递给我一支烟，端上一杯茶，将我带到了王大军的办公室。印堂发亮的王局长正坐在办公室的老板桌前暗自发笑，又不知是什么喜事呢。见了我来，很是惊喜。王大军从抽屉里甩出包烟，我一看，这烟我见过，要一百多元一包。

“说，找我有什么事啊？”王大军开口就问。

“没有什么事啊。”我说，说着坐在了他面前那软软的沙发上。看来局长大人也没有什么大的事情，我就和他有事没事地拉起了家常。说了十来分钟，王大军又问：

“老朋友啊，别隐瞒什么了，到底找我什么事？”

我顿了顿，真不明白王大军什么意思了。

“我真的没有什么事找你。”我说。

“那等会中午我来安排一下，咱们一醉方休。”王大军又说。

听说要喝酒，我心里又慌了。我是怕喝酒的，忙着推辞：“那算了吧。我还有事。”

我用电话联系了娟子。娟子是我要好的异性朋友，好多的时候我们都是无话不谈。听说前段日子她和老公在闹离婚，不知道矛盾有没有缓解。看来我没有事是不能找她们的，我想起我上个月出版的一本文集，今天就去送给她吧，也算是个借口。

在红顶咖啡厅，轻缓的音乐飘进了耳朵，娟子显得更加清秀。清秀的娟子端起咖啡，抿了一小口，轻轻地说：“哈，什么事找我啊？”

我倒是不慌不忙，从口袋里掏出我的文集，说：“我上个月出了本文集，现在送给你。”说着，双手递了过去。她接过书，翻了翻，说：“好啊，我们的大作家。”她又抿了一口咖啡，“哎呀，你有什么事，快说……”

我真的是一头雾水了，我真的是没有什么事找她。或许她还在为和她的老公的事而烦恼吧，我本来想问一问的，这下我也难以开口了。

她又抿了一口咖啡，说声“拜拜”，清秀的背影立刻消失在我的视线中了。

这时候我好像有些明白了，原来我没有事是不能去找我的同学和朋友们的。就在这时，我的手机响了起来，一接，是乡下的侄女打来的：“叔，你什么时候回来一趟啊?”侄女才六岁，读小学一年级。

“小乖乖，有什么事吗?”我问。我觉得我的语气重了一些。

“我想找你玩，让你给我讲故事。”

“还有什么事吗？要不要我给你钱买东西吃?”我又问。

“找你玩不是事吗？我不要钱，我不差钱，你上次给我的钱我都没有花呢。我想看看你现在瘦了没有，奶奶也想看看你瘦了没有……”小侄女的声音从电话那端清楚地传进了我的耳朵。我的母亲和我的兄弟一起在乡下生活，我已经有大半年没有回老家了。虽然，乡下的老家和我只隔几十公里。

我的眼睛立刻湿润了。我在心里盘算着，多事的我今天是要回家了。

寻找U盘

我的U盘不见了。

我的U盘一直放在我的裤兜里，三年多了，从来没有丢过。

我的心里很着急。一些U盘值不了几个钱，但不只是U盘本身价值的问题。那U盘里虽说没有陈冠希那样的艳照，但是有我所有的资料，还有我最近写完的两篇文章。

我得找回我的U盘。

我对我要好的几个同事说，我的U盘丢了。我对女儿和老婆说，我的U盘丢了。我得让他们帮着我找找。

我认真分析了我丢U盘的时间，应该是在昨天。我又仔细回忆了昨天我昨天用过U盘的时间以及丢失U盘的大概时间。我的U盘，不是在单位丢的，就是在家里，还有更大可能就是在从单位到家里的路上。这些天，我总是走着上下班的。

我在单位的办公桌里，认认真真地寻找了三遍，一无所获。我在家中，搬开了沙发，挪开了电视机，移动了书柜，几乎翻了个底朝天，但还是个空。

从家里到单位的路程不过三里多路，我得在路上认真找找了。

我的目光在从家里到单位的路上搜寻着，如猎犬一样。没有想到，我大有收获。我先在在单位门口捡到了一只手表，崭新的。然后在路上，果真找到了U盘，而且是两个U盘。可惜，那两个U盘都不是我的。然后，我在路上，又捡到了钱，有一张百元面值的，还有三张二十元面值，还有，就是十多枚硬币。还有，我在路上，还捡到了三本书，应该是学生掉下的。我还捡到了一本结婚证，刚刚办理的，合影照片上的男孩和女孩幸福地笑着。想想啊，这刚刚办理的结婚证怎么也会丢失啊。

但是，我的U盘还是没有找到。

到了单位，几个同事很热心地递上几个U盘，说，哥们儿，这都是我们在路在寻找到的，看看，是不是你的？我感动得热泪盈眶，接过那几个U盘，一一辨认。还是遗憾，一个也不是我的。我将那几个U盘一一归还给同事。同事却说："这东西是捡来的啊，也不是我自己的，送给你算了吧。"我只得暂且收下。

晚上回到家中，女儿早就等着我了。她提着个塑料袋，对我说："老爸，你看看，我发动了我班上的同学来帮你寻找U盘，今天他们在上学路上捡到的，有四十多个U盘，你看看，有没有你的？还有，谢谢你了老爸，我的同学在路上捡到了好多东西哟，有银行卡，有身份证，有人民币，有钥匙，我们都交给了学校，我们班集体受到了学校的通报表扬……"我一愣，就一个上学的时机，孩子们就捡到了这么多的东西啊。我将女儿带来的U盘又一一辨认，很可惜，仍然没有我要找的U盘。我将装有U盘的塑料袋还给女儿，说："你还是带回去交给学校吧，这里面没有我的U盘。"女儿面露难色，但还是收下了："好吧，我去交给班主任刘老师，让她去处理吧……"

老婆在一旁见了，拿出了个新U盘："不要找了，我给你买了个新的。这个世界，每天遗失东西的人不知道有多少哩。你还只是掉了个小小的U盘。看看，这下子你还要处理你捡到的一些垃圾了……"

我的U盘没找着，我的事情却来了。我得上市民政局，将那新婚的结婚证交给他们，让他们通知小两口来领取。我得出张招领启事，让人家来我这儿领取崭新的手表。还有，有点麻烦了，那些捡到的人民币，我应该怎样处理呢……

这个世界，怎么每天有那么多的人遗失东西呢？我一直纳闷儿。

致富经验

这是一场关于怎样致富的经验交流会。大会邀请了不少的专家前来讲学，邀请了几十个致富的成功人士坐在了主席台上。当然，更多的是听众，是来取经，想要致富，成为有钱人的人。

专家在台上口若悬河，从理论上分析了致富的几个因素。专家说，你要做你真正感兴趣的事——你会花很多时间在上面，因此你一定要感兴趣才行，如果不是这样的话，你不愿意把时间花在上面，就得不到成功。做自己喜欢做的事，才会有激情，才会有无限的创意，才更可能成功。如果你受过专业教育，或者有特殊才能，充分利用它。如果你烧得一手好菜，而却要去当泥水匠，那就太笨了。尽可能减少你的费用，但不能牺牲你的品质，否则的话，你等于是在慢性自杀，赚钱的机会不会大。一再投资，不要让你的利润空闲着，你的利润要继续投资下去，最好投资别的事业或你能控制的事业上，那样，才能钱滚钱，替你增加好几倍的财富……

坐在主席台上的致富成功人士也不停地点头，就像说的是他们一样。到了自由发言的时间，主持人请这些成功人士也上台说说经验。有人就走到话筒边，畅谈自己的发财经，说自己的致富经验。有人说，我是做化妆品的，在家创业买豪宅；有人说，我治学生近视，赚钱赚疯了；有人说，我做新产品，水晶花纹板材，利润大；还有人说，我的艺术灯饰也赚了大钱了。

主持人看了看嘉宾名单，这次邀请来的最有名的成功人士——刘二多，他还没有上台发言。

主持人清了清嗓音，说：“下面有请我们的刘二多先生前为我们介绍致富经验……”一听“刘二多”这个名字，台下的听众更来了劲，拼命地鼓掌。

可是没有人走上前台。会场静了下来，分明传出了鼾声。主持人看了看台上，有位先生趴在桌上睡着了。主持人这才对上号，睡着的先生正是刘二多。摄像记者将镜头拉向了刘二多，刘二多全然不知，仍然呼呼大睡，发出均匀的鼾声。

主持人继续在说：“我们看看，刘二多的致富经验是什么。”他走近刘二多，刘二多醒了过来。他刚才趴着的桌子上，出现了一本书，书正打开着。主持人走得更近了，摄像机也拉近了，书的那一页，一篇文章的题目赫然显目：富人就是这样赚钱的！

主持人念出了声：富人就是这样赚钱的！

台下的听众也恍然大悟，富人就是这样赚钱的。

老赵挂了

“老赵挂了。”钱二在吃完早餐时说，声音低低的，很神秘的样子。早餐摊点是小区人们每天最早聚会的地方，有了什么重要消息，就会在这儿传开。

钱二说完，跨上自己的摩托车，一溜烟去上班了。

啊？老赵挂了？和钱二在一张餐桌上的孙三在心里一惊。单位的头儿姓赵，孙三是单位二把手。这钱二说“老赵挂了”不是说的单位的老赵还能说谁呢？老赵就快到退休的时候了，孙三和老赵的关系要好，说不定，只要老赵一推荐，他孙三就顺理成章地上来了。孙三暗暗地拨通了老赵的电话，电话是通的，但是无人接听。看来，单位的老赵是真挂了。孙三确定了自己的想法。

李四听到说“老赵挂了”，想了想，拨了一个电话。李四说：“赵小丽，亲爱的老婆，你给你爸打个电话，看出了啥事没有？人家都说老赵挂了，说的不会是你爸吧。”电话那头传来一声清脆的骂声：“吃饱了撑着，就你多事。”赵小丽的爸爸是市第一中学的校长，五十多岁了。

一直在一旁玩着手机的吴婷也停了下来，她刚二十四岁。她想了一会，然后，走到走廊尽头才停下脚步。她拿出了手机，暗暗地接通了一个电话，压着声音说：“老赵啊，你还好吧，你是不是没事啊？我有些想你了，就给你打了电话……哎呀，你真是老赵的声音吧，没事就好，没事就好……”吴婷心里还在寻思：昨天还和老赵这死老头子见面了的，他怎么可能出事呢？和承包工程的老赵相好三年多了，还真担心他出什么事呢。吴婷又开始笑眯眯地玩自己的手机游戏了。

王五用手机也打了个电话，没能接通。他慌着骑上了摩托车，忙着赶回他的店铺。他开的金店合伙人姓赵。要是老赵挂了，这金店的一百多万元贷款不知怎样处理哩。

赵六想了十多分钟了，说：“我还是打个电话吧，我的一个远房侄子的叔叔姓赵，上个月刚提拔为局长，我和他在一块吃过顿饭，说不定是他挂了他出了事，咱俩还喝过两杯酒哩。”

周七正在苦思冥想，看看自己熟悉的人中有没有姓赵的朋友，也好给他打个电话问问。想起来了，老婆娘家有个表兄姓赵，是市农业银行的行长。正想着给赵行长一个电话，钱二的摩托车飘过来了，他回来了。

“老赵挂了。”走近了，钱二低低地又说了一声，比先前的那一声声音还要小，看起来脸上还有些悲伤的神色。大家就都现出有些痛苦的情状，想真正地问个究竟。

大家就将钱二围了个结实：“钱二钱二，你倒是说说，哪个老赵挂了？”

钱二抬起自己肥厚的右手，抹了下眼睛，说：“你们说，这怎么不伤心啊，我家的老赵挂了，我家喂养了八年的那只叫做老赵的黑狗昨天死去了，你们说，我怎么能不伤心啊……”

诚　实

“我再一次申明，我和张三不是情人关系。”女人声音大了一些。

男人又和女人吵起来了。这种吵嘴，就像是他们生活中的调料一般。男人总是怀疑女人在外有人，做了人家男人的小三。男人的弟弟已经是第三次提醒他了。

男人的工作太忙了，忙到照顾自己的老婆的时间也没有。

“那我怎么听人说你和张三关系很好啊。”男人和女人既然将这个话题拿到了桌面上，所以也就直接说开了。

“我们相爱这么多年了，还用得着怀疑吗？我是最诚实的，你是不相信自己的老婆啊！”女人又说，声音更大了。

“我是相信你，可是你怎么让我相信你呢？”男人无可奈何地说。

女人的气势就大了：“你说我和他是情人关系，那你拿出证据来啊。告诉你，这个什么张三，我根本不认识他！”女人说着，随手将桌子上的开水瓶摔了个粉碎。

男人的声音也大了：“那这样，我们直说，去民主路张三的家去，当面问问，反正现在你这样说，我也就不怕出丑了。”

“去就去，不去的是王八！”女人不甘示弱。

两人一前一后朝着民主路走。男人当然知道张三的家，这是他弟弟告诉他的。

男人上前敲门，没有人。

男人很是失望，女人觉得也有些失望。

正要离开，张三门口的一只大黑狗追了上来。张三本能地弯下腰捡起一块石子，准备还击。

谁知，那只大黑狗并没有退缩，也没有狂吠，摇着尾巴，轻轻地走到了女人的脚边。女人上前一步，大黑狗也上前一步。那狗，很讨好地望着她，发出亲近的声音。

男人快步走开了。

男人将手中的石子，拼命地投向远方。他长长地吁了一口气。

他俩什么关系

晚饭后，佳寓小区的8号楼前草坪边，每天总会聚上些人。

8号楼，是小区的中心地带，人自然多，熟识不熟识的，都会打个招呼。

“看哟，小区门口来了两个人，一男一女哩。”眼尖的大林像发现了新大陆似的大叫道。大家一看，果然，小区门口站着一男一女两个人，男的正对着门口的保安说些什么。

“大伙说说，那一男一女什么关系?”反正闲着没事，有人提出了个问题。小区门口离人群有100多米的样子。

“他俩站得有点远，应该就是两个不大熟识的人吧。”小李先说。

“再看看，他俩开始说话了，我想啊，那女的就是那男的秘书。”丽丽边吃着水果边说。

“是秘书的话，应该亲近一些，我说啊，就是公司与客户之间的关系，他们要谈一笔生意。”三十多岁的大刘接过话说。

“哎呀呀，不要乱说了，你们看，那女的主动牵了那男人的手，我说，这两人就是情人的关系。说不定，在我们小区早就买房了。”陈嫂很是肯定地说。

刚过四十岁的王军凑过来小声地说：“这你们就不懂了，我要说，那女的啊，就是只野鸡，男的呢，当然是她的客人了。”

“这不能肯定，说不定这男的和这女的还只是谈恋爱哩，正热恋着，你看那男人，一脸的幸福。”看着男人和女人慢慢走近，老张开口了，很有经验的样子。

男人和女人手挽着手走了过来，两人不时地发出笑声。

近了，大家就不出声了。男人走过来，对着最近的大林说："打扰一下，请问夏明远是住在佳寓小区吗?"

"没有。"大林回答。然后又扭头叫道："大家说说，小区里有名叫夏明远的吗?"有不少人应声"没有"。

女人立即对着男人说："爸，我说呢，我舅不在这佳寓小区，我记得他是住在家园小区……"

大家鸦雀无声。

"现在啊，口里叫爸的也靠不住的，叫爸就能证明他们是父女关系么?"不知是谁，在人群里大声地叫道。

点亮路灯

这是一栋新建的单元楼，六层。

每层住两户人家，每户人家门口都有一个路灯，每户人家的路灯当然连着自家的电表。

这样，每层楼的楼梯口都有两盏路灯。夜幕降临，这栋楼灯火通明。

每层楼两盏路灯，太浪费了。有人说。

是的，得拿掉一盏才算节约哟。有人附和。拿掉一盏路灯当然简单，将灯泡轻轻拧下来就行了。

第二天，二楼、三楼、六楼，果然只剩下了一盏路灯。第三天，每层楼都只剩下了一盏路灯。

可是第四天，整栋楼都没有路灯，就像约好了似的。每层楼留下路灯的住户说："凭什么留下我家的这一盏？多耗电啊……"晚上，整栋楼一片漆黑。

接连两天，整栋楼晚上照样漆黑一团。

有一家住户有孩子上学，得要路灯，就说："这样吧，每层楼的路灯都由我来安装，都接到我家的电表上吧，所有的电费我出了。"

但有人立即回击："难道你家比我们都有钱一些啊?"声音不大，想安装路灯的住户也就不作声了。

有住户建议："这样，每层楼安装一个路灯，装个电表，电费每年一结算，大家平均分摊。"

还是有人反对："你来组织收钱安装电表，你来收电费好了。"

又度过了一个没有路灯的夜晚。

年纪最大的住户沉不住气了："我看啊，每层楼的两个住户，左边的住户在单月时点亮路灯，右边的住户在双月时点亮路灯，也免去了收钱之苦。”

大家觉得这建议不错，说“姜还是老的辣”啊。

月底的时候，左边的住户就拧下了灯泡，右边的住户将灯泡给钮上去。

过了两天，又出现了问题。左边的住户说：“我们单月点亮路灯，算一算，每年的单月比双月多好几天呢？这也不公平。”

于是又有人建议：“那这样，我们将灯泡每天一换，今天你，明天他，这样多合理！”

大家都点头同意，都说这样合理得多。

可还是有个新问题。这问题是低楼层住户提出来的，尤其是一楼的住户，说：“我们楼层低，上楼的机会几乎没有。可是，我们家门口的路灯亮的时间肯定比楼上的时间长。这个问题，怎么解决啊……”

你真的不懂暗号

村里人做事，就是喜欢讲点规矩。有时候，对话就像对暗号一般。比方，你要到人家里借点东西，才开了口，人家就说：“那您拣有的挑哟。”让借东西的人满身的暖和。等到你归还东西的时候，你当然就得说上一句：“难为您了哟。”又让对方一阵温暖。两口子晚上和孩子睡在一张床上，孩子睡着了就想来点活动，男的就说“咱炖一顿吧”，女人就一定做起准备工作配合起来。那要是这家的男人和那家的女人做成了苟且之事，人家就会说，那两个狗东西“进了高粱地”了。当然，有些暗号是不说出来的。

比如上厕所。

每户人家都是有厕所的，叫茅厕。茅厕大多就建在屋子的后边，一般是供家里人来使用的。茅厕没有天盖，只是用砖头砌成一人来高的墙，围成大半圈，只留个口儿。口儿再用块木板或几根竹条做成门给挡上。但是还是有不少人家的茅厕是没有门的，要么找块木板难，要么是这家的主人懒。没有门的茅厕是不容易“撞车”的，因为老远就瞧见茅厕里蹲着个人，你还进去么？有门的茅厕也不会“撞车”的，因为有暗号。

你要进到茅厕里去时，还有十来步远，你就得开始咳嗽，咳，咳咳。如果茅厕里有人，那人听到你的咳嗽声，也就回应，咳，咳咳。那你就得打马回头了。其实，那蹲到茅厕里人的，是时刻警惕着的，要是听到了脚步声，早就会发出暗号，咳，咳咳，想来“撞车”的人也就望而止步了。

但二根和玉梅就撞了回车。这车，还真撞得不轻。

二根是个二十出头的小伙，玉梅是个十九岁的大姑娘。玉梅那天不知吃了啥东西，就老想往茅厕里跑，半个时辰居然跑了三趟了。大姑娘家的，当然只是往自家的茅厕跑。自家的茅厕一般是没有外人来的，前面跑了三趟也还算顺当。这下又觉得肠胃里的东西往外涌，她和前几次一样，照样没有发出“咳，咳咳”的暗号。肠胃坏了，是不能半点迟缓的，不然就会在裤子里留下痕迹和气味。玉梅就急着方便，还不到茅厕门口，她将裤头提前拉了下来。低着头就向茅厕里冲。一蹲下，噼里啪啦地一阵，尽情排放。猛然，她一转头，有个人头冒了起来，飞也似的向外冲出去了。

是村子东头的二根！玉梅一惊，提起裤子，慌忙向自家屋里逃去。她关上了门，倒在床上，用被子将自己捂了个严严实实。她放声痛哭，自己可还是个黄花闺女啊。

不到一个时辰，二根和玉梅在茅厕里撞车的消息，像长了翅膀一样飞遍了村子的角落。

“这个二根，怎么不对暗号啊？他咳上两声不就行了？”有人说。

“也不能全怪二根，这玉梅怎么也不会咳上两声？”又有人说。

“咦，二根怎么会跑到玉梅家的茅厕里去哟？”有人问。

“这个鬼东西二根，那不将人家玉梅的上上下下看了个清清楚楚？”有人说。

玉梅的爹妈和二根的爹妈在当天晚上就见了面。玉梅的爹闹得凶，胸脯拍得山响：“咱非得上法院去告这小子！”接待玉梅爹的老法官听了笑笑说：“这不就是个暗号的问题么？这事儿，你回家先得问问你家玉梅再说。”玉梅爹刚回家，玉梅娘倒笑呵呵地冲他道：“就你个老头子多事！咱家有喜事了！”玉梅爹一脸的困惑，玉梅娘说：“和闺女商量好了，和二根爹娘也说好了，二根成为咱家女婿啦，下个月初八就是大喜的日子。”

二根成了玉梅的男人，玉梅成了二根的女人。

一年后，二根和玉梅生下了儿子小根。小两口乐得合不拢嘴。玉梅就问二根：“你个憨东西，怎么连上茅厕用的暗号都不晓得？”

二根一把接过儿子说：“你真的不懂暗号吧？要是我用上了暗号，那我们现在还有这小子么？”玉梅就伸出了右手，狠狠地拧住了二根的耳朵：“你个鬼东西，去年你是故意到我那找我撞车的啊！快说，当时你瞧见我什么没有？”

跟着哥哥看电影

二根放学回家的时候，大根正坐在门前的矮板凳上，对着一块砖头发着呆。

“哥，你咋了?”二根走近了，一开口，吓了大根一跳。二根才八岁，读三年级。大根十六岁了，初中毕业后没上高中，在家里帮着爹娘做农活。大根回过头，眼睛瞟了二根一下，又转过头去看那块砖头。

“哥，清水村有电影哩。”二根很高兴地说。

“我知道，我早就知道。”大根说，无可奈何的样子。

“那你一定要带着我去看电影啊。”

大根这才回过神来，笑了笑说：“快点做完作业啊。做完了作业，再到村子里去走一趟，到处说说，说清水村有电影，到时多去几个人。”

二根就去做作业。做完了作业就要出去时，大根又叫住了：“弟啊，你得在玉凤家多走走，一定得让玉凤姐知道清水村有电影。”二根口里应着就跑了出去。大根在家里就忙了起来，先是洗了个澡，然后换上了过年时买来的衬衫和长裤。那头发，用清水梳了三遍，根根分明。

去看电影的队伍很长，前后有近两百米长。镇上的电影是要钱买票的，他们都不看，那也不热闹；只有哪个村子里有电影时，才是最热闹的时候了。二根知道了今天的电影是《孤胆英雄》，是二根最爱看的战斗片。清水村离家有十多里路，二根生怕去迟了看不到故事的开头，就直催着哥快点走：“哥，快走吧，快走吧。”

“急什么急?人家不都这样在走吗?”大根说。二根踮起脚来看了看，不远处的队伍中，好像有玉凤的身影。二根也只有干着急，没有办法。他知道如果再吵，哥就不会买瓜子给他吃。再说，哥丢了他，他不一定找得到回家的路。

赶到清水村的时候，电影刚刚开始，放映的是加映片《怎样种植水稻》。大根就找了块地方，说："二根，你就在这儿，我去给你买瓜子。"二根就站着不动了，他盯着银幕，就常常觉得新奇，这人怎么跑到了那块布上了呢？一会，大根来了，还叫来了村子里的水生和小天。他买了三包瓜子，给了他们三人一人一包。二根知道那是五分钱一包的，就直后悔哥怎么要浪费这一角钱给水生和小天这两小子买瓜子。

"你们两个和二根一块看电影吧。不要走远了。我也在这儿看。"说着，大根将水生和小天朝二根这边拉。

一会，《孤胆英雄》开始了，那个戴着柳叶帽的八路军真是勇敢，一下子杀了三个鬼子。二根一下子看入了迷。三个鬼子被杀死了，二根转头一看，哥不见了。二根就问水生和小天，哥呢？水生和小天也直摇头。二根想去找哥，可是电影太精彩了，八路军打鬼子还没有打完。二根只好看一眼电影，又朝哥站着的地方看一眼。电影还在继续，大根却还没有影子。八路军将鬼子全部打死的时候，二根就想着要去找哥了。他知道，没有哥，他是找不到回家的路的。电影这时放映的是个外国影片，叫什么《魂断蓝桥》，那外国人的样子二根就看不习惯。他吩咐水生，你到东边去找一找。他又吩咐小天，你就在这儿守着不要动，我到西边去找一找。两人吃过他哥的瓜子，甘愿听二根的安排。

二根一直朝西走，可哪有大根的人影啊。听到的只是田里的青蛙呱呱地叫声，还有那电影上听不懂的音乐声。二根几乎要哭了。但他不敢出声，让人听见了是丢丑的。借着电影光，二根看见前边有个柴草堆，仿佛有人影在晃动。

"哥。"二根叫了一声，怯生生的。

"哥，大根……"二根又叫，他走近了一点，声音大了一些。

那果然是人影，二根细看，竟然是两个人。再看，真是哥！另外的那人影，这不是玉凤姐么？

"二根啊，让站着看电影不动的，怎么跑来了？"大根很生气的样子，玉凤姐的影子离开了大根的影子。

"我怕，我怕你走，你走了我回不了家。"二根哭了。

“别哭别哭，我一会再买瓜子你吃。”大根说，“玉凤姐身体不舒服，刚才我是在替她看病哩，你也不要乱讲啊，讲了以后就不带你出来看电影了……”

二根擦了下鼻子，连连答应。他又问哥：“哥，你是来看电影的，可是，那么好看的电影你为什么不看啊?”

大根拉了拉二根的手笑着说：“傻小子，你长到我这么大的时候，你也会不喜欢看电影的。”

“真的吗，哥?那是为什么啊?”二根又擦了下鼻涕，说。

我们一起去迎亲

“一起去迎亲的要走了啊，现在就走……”有人在门口大声地叫道。就有男女老少挤出门来了。锣鼓响起来，鞭炮燃起来。我们几个十来岁的小家伙跑在最前面。

这是火平叔结婚的日子。

十二岁的红山想要提个迎亲的马灯，就跟鼓手光爹说了声。光爹说：“马灯可以让你提，可你要回答好我的一个问题。”红山比我们大两岁，最想提迎亲的马灯了，就点头答应了。

“红山啊，你说，你爹和你妈结婚时你提过马灯没有？”光爹问。

“我肯定提过了的啊。不信，你去问问我爹。”红山大声地说，生怕人家听不见似的。大家就笑起来：“你个狗日的红山，你爹妈结婚时你在哪儿哟？你爹怕是还没有播种哟……”

最后，当然是红山光荣地提上了马灯。我们心里好生羡慕，红山就更神气了。

迎亲队伍都是吃了晚饭才出发的。我们听说火平叔新娘子在十里外的白水村，就都加快了脚步。去迎亲时，是用不着过多地敲锣打鼓的，鞭炮也用不着多放。大人们走得快，我们几乎是一路地小跑，真担心掉了队不能回家。

又华哥骑着自行车在前边早就出发了，他是迎亲队伍的先锋。我们走了四五里路时，又华哥正来报信：对方送亲的队伍就在前面不到一里路。一听这话，光爹的鼓棒就在那面鼓上一点，咚，咚咚，锣也就跟着响起来；呜，呜呜，唢呐也就跟着吹起来。我们再竖着耳朵听听，似乎听到了送亲队伍的锣鼓声和唢呐声了，脚下的步子又快了许多。

只有一百来步远了。

就有了鞭炮声。这边的刚放一组鞭炮，那边的又一组鞭炮来了，震得耳朵嗡嗡地响。

锣鼓声就更响了。送亲的小伙子拼命地用敲打着手中的锣，几乎就要敲破的样子。光爹的打鼓技术是方圆十里有名的，这下又开始炫耀起来。鼓棒上上下下，像变魔术一样。

还有唢呐声。迎亲的来一曲《迎亲路上》，送亲的就来一首《百鸟朝凤》。送亲的来一曲《抬花轿》，迎亲的就再来一首《一枝花》。

火平叔是不能来的，新郎怎么能亲自来接新娘子呢？新娘低着头，眼睛红红的，觉得这些声响和她好像没有什么关系。声响越大，新娘似乎也就要哭出了声。我们也知道，那是离家的眼泪。

迎上了亲，这下就走得慢了。我们也累了，自然地放慢了脚步。

快要到家时，我们又小跑起来。因为等会到亲的时候，是有喜糖的。抢好有利地势，得到的喜糖肯定会多很多。有好几次，二胖的都比我的多。这一次，我站在撒喜糖的松哥身边，呵，得到了二十五颗喜糖，比伙伴们的都多。

新娘子名叫桂枝，我们是听火平叔说的。火平叔也只在三个月前见过他的新娘子一次。红山的娘是媒人，那次红山也同着去了，不懂事的红山拼命地向桂枝身上撞，想要吃奶的样子，惹得人好一阵笑。

新娘进了新房，红山又跟着挤了进去。他的娘就一把拉过他，对着新娘子说："来，来，给我们家红山的牙齿摸一摸，他掉的两颗牙有两年了还没长好哩。"红山就张开了嘴，新娘伸出右手，小心地在红山的牙床上摸了一下。红山也不好意思起来，忙着向新娘身上靠。

红山和他娘一起出来的时候，红山就更得意了。"呵呵，我吃了新娘子的奶了。"他小声地对我们说。

红山的娘也声音小了，对着火平叔的爹娘说："哎呀，老哥姐啊，我看着这新娘子不是桂枝，怕不是今天接亲的人接错了吧。"

"不会，不会。"光爹接过了话："怎么可能？一碰上头，鞭炮放得那么响！完全不可能！"就又有人说："不可能的，不可能的。"红山娘就不说什么了。

第二天是村里人前来恭贺主人大喜的日子，又华就说："听说，昨天肖家村的肖老三结婚接错了新娘的，这是不是真的哟?"

火平叔和新娘都站在门口，两人的脸红红的，像昨天晚上像做错了什么事的样子。我们几个小家伙向火平叔要喜糖。他扔给我们一大包喜糖，我们乐呵呵地到柴草堆边分享。红山神秘地说："新娘子的奶我真的摸了两次，上次感觉到用我的两只手都握不下，昨天感觉那东西像个小算盘子大小了。是火平叔将那东西吃得小了，还是真的换了个新娘了?"我们只是吃糖，哪管他说些什么。

火平叔和他老婆第二年春天就生下了个胖小子。

再过了些年，我们上大学了，放假回到老家的时候，总能看到火平叔和他老婆坐在家门口，两人的脸上，总是漾着满脸的笑。